LA PETITE AMIE IMAGINAIRE

Du même auteur

AUX MÊMES ÉDITIONS

Le Monde selon Garp
roman, 1980
et « Points », n° P 5

L'Hôtel New Hampshire
roman, 1982
et « Points », n° P 98

Un mariage poids moyen
roman, 1984
et « Points », n° P 121

L'Œuvre de Dieu, la Part du Diable
roman, 1986
et « Points », n° P 123

L'Épopée du buveur d'eau
roman, 1988
et « Points », n° P 122

Une prière pour Owen
roman, 1989
et « Points », n° P 124

Liberté pour les ours !
roman, 1991
et « Points », n° P 99

Les Rêves des autres
nouvelles, 1993
et « Points », n° P 54

Un enfant de la balle
roman, 1995

JOHN IRVING

LA PETITE AMIE IMAGINAIRE

récit

TRADUIT DE L'AMÉRICAIN
PAR JOSÉE KAMOUN

ÉDITIONS DU SEUIL
*27, rue Jacob, Paris VIe*

Ce livre est édité par
Anne Freyer

Titre original : *The Imaginary Girlfriend*

ISBN 2-02-028931-8

Gosse de prof

Quand j'étais lycéen en institut privé, à Exeter, on n'enseignait pas le *creative writing*, l'écriture de fiction ; seule comptait la dissertation. Pourtant, ces années-là, j'écrivis plus de nouvelles que d'essais. Je les montrais, en dehors des cours, à George Bennett, le père de mon meilleur copain. Feu Mr. Bennett coiffait alors les professeurs d'anglais ; il fut mon premier critique, le premier à m'encourager – or, pour moi, ce soutien n'était pas un luxe. Comme j'avais raté le latin et les maths, je dus rester une cinquième année à l'Institut – fiasco sans précédent ; j'eus cependant la possibilité de m'inscrire à un cours intitulé Anglais 4F – F comme cette fiction que je rêvais d'écrire. Au nombre des élus, on m'engagea donc à être « créatif », ce à quoi je parvenais rarement.

Dans mon souvenir, d'ailleurs sujet à caution, l'auteur vedette et le critique le plus virulent de notre groupe était mon coéquipier en lutte, Chuck Krulak, également connu sous le nom de « La Brute », et qui devint par la suite le général Charles C. Krulak, commandant en chef des Marines et membre du comité des chefs d'état-major. Autre présence marquante, autre critique corrosif, mon camarade de cours en Anglais 5, le futur écrivain G.W. S. Trow. On l'appelait George tout court, à l'époque ; mais il était déjà malin comme une belette, et la dent aussi dure. Contre toute attente, un jour que nous bavardions, il n'y a pas si longtemps, il me révéla qu'il traînait sa misère, à l'Institut. Il avait l'air si sûr de lui que je ne l'aurais jamais imaginé malheureux, moi qui vivais dans un mal-être permanent.

L'Institut d'Exeter, je n'y aurais jamais été admis si l'on m'avait appliqué les critères de sélection officiels. J'étais un élève médiocre. On s'aperçut par la suite que j'étais dyslexique, mais à l'époque personne ne s'en doutait. Je n'en fus pas moins inscrit sans difficulté, parce que j'étais fils d'un collègue. En effet, mon père était sorti de Harvard avec un diplôme de langues et littératures slaves, et il était le premier professeur d'histoire russe à Exeter. Comme pour dissiper la gêne qu'aurait pu créer ce favoritisme, j'eus la bonne idée de m'inscrire au cours d'histoire que donnait mon père. Ce dernier m'en sut gré et me le manifesta en m'octroyant une mention passable.

Dire que j'avais du mal à suivre relèverait de la litote. Je fus le seul élève du cours de génétique à ne pas maîtriser son expérience sur la drosophile. Les spécimens aux yeux rouges s'étaient croisés avec ceux aux yeux blancs à une telle vitesse que je m'embrouillais dans le compte des générations. Je tentai donc de faire disparaître les preuves accablantes de ma confusion dans la fontaine d'eau potable attenante au laboratoire. Ce que je ne savais pas, c'est que la drosophile survit – et se reproduit – fort bien pendant plusieurs jours dans les canalisations. Il fallut que la fontaine fût condamnée, et déclarée « polluée » – elle grouillait littéralement de mouches aquatiques – pour que, pauvre vermine irresponsable moi-même, j'aille me dénoncer.

L'absolution me fut accordée par Mr. Mayo-Smith, le biologiste qui enseignait la génétique ; ce qui me valut cette clémence, c'est que j'étais le seul « indigène », c'est-à-dire le seul de ses élèves à résider en ville, qui possédât un fusil. Le biologiste avait donc besoin de moi, ou plutôt dudit fusil. Les élèves qui vivaient en foyer n'avaient pas le droit de posséder une arme à feu, on le conçoit. Mais moi, le natif du New Hampshire, dont les plaques minéralogiques clament « Vivre libre ou mourir », moi, j'avais tout un arsenal à ma disposition. Le biologiste eut donc recours à mes services de tireur d'élite pour lui procurer les pigeons nécessaires à son cours, intitulé « Introduction à la biologie ». J'avais coutume de les tirer sur le toit de sa propre grange. Je vous rassure : il n'habitait pas en ville même.

Hélas ! même en ma qualité de tireur en titre de Mr. Mayo-Smith, je trouvai moyen de démériter. Il voulait que les pigeons soient abattus tout de suite après s'être alimentés ; ainsi, les étudiants qui les disséquaient pouvaient examiner la nourriture contenue dans leur jabot. Par conséquent, je laissais les volatiles chercher pitance dans le champ de maïs de mon professeur, ensuite de quoi j'en levais un vol, qui allait derechef se percher – stupides bestioles – sur le toit de la grange. C'était un toit d'ardoise ; lorsque je dégommais les volatiles (je prenais des balles de 22 long rifle grande vitesse), ils glissaient le long d'un versant du toit. Le hic, c'est qu'un jour je fis un trou dans le toit ; et, depuis ce jour-là, Mr. Mayo-Smith ne manqua jamais une allusion aux fuites qu'il avait dans sa grange. Car les mouches à fruits dans les fontaines d'eau potable, d'accord, ça regardait l'Institut, mais là, c'était son toit que j'avais endommagé ; une véritable atteinte à « la propriété privée avec tout ce que ça comporte », comme mon père se plaisait à le répéter dans son cours d'histoire russe.

Humiliant, ce coup de feu malheureux ? Certes, mais pas tant que les années qu'il me fallut passer en orthophonie. À Exeter, la dysorthographie était inconnue – entendez qu'on n'y connaissait pas grand-chose. La mienne était due à ma dyslexie, mais, à la fin des années cinquante et au début des années soixante, c'était un diagnostic qu'on ne savait pas encore établir. Par conséquent, l'orthophoniste qui fit le bilan de mon cas mystérieux mit mes fautes sur le compte d'un problème psychologique. Moi qui avais du mal à m'en sortir, le handicap d'un problème d'expression n'arrangeait pas mes affaires. Lorsqu'il apparut que toute cette rééducation n'avait pas d'incidence notable sur mes capacités à distinguer « allégorie » d'« allergie », on m'adressa au psychologue scolaire.

Cet institut, est-ce que je l'avais pris en aversion ?

– Non. (J'y avais grandi.)

D'où venait que j'appelais mon beau-père mon père ?

– Parce que je l'aime, et qu'il est le seul père que j'aie jamais connu.

Mais d'où venait que je me sentais attaqué lorsque les autres appelaient mon père mon beau-père ?

– Parce que je l'aime et qu'il est le seul père que j'aie jamais connu, c'est quand même normal que je me sente attaqué.

D'où venait cette agressivité ?

– Du fait que j'ai pas d'orthographe.

Et d'où venait que je n'aie pas d'orthographe ?

– Je vous le demande.

Était-il difficile, au niveau du vécu, d'avoir mon beau-père – mon père – pour professeur ?

– J'ai eu mon père pour professeur un an seulement ; ça fait cinq ans que je suis ici à la fac, et cinq ans que j'ai des problèmes d'orthographe.

Mais d'où venait donc cette agressivité ?

– Du fait que j'ai pas d'orthographe – et qu'en plus je sois obligé de venir vous voir !

– Mais c'est que nous voilà fâché pour de bon, dit le psychologue.

– Oui, là, je le sommes pour de bon, répondis-je, histoire de revenir au sujet de mon problème d'expression.

Des avantages d'avoir le dessous

Il y avait un endroit, à Exeter, où je n'étais jamais agressif ; c'était la salle de lutte ; je n'y perdais pas mon calme, peut-être parce que je m'y sentais à l'aise. On peut s'étonner de cette décontraction. Mes performances athlétiques n'avaient jamais été fameuses. J'avais détesté le base-ball dans le premier cycle (et du coup tous les sports de ballon). J'étais un peu moins hostile au ski et au patin (je peux m'accommoder du froid, à la rigueur). En revanche, j'avais un goût inexplicable pour le contact physique, pour cette montée d'adrénaline qu'on connaît en se colletant avec un autre corps. Mais j'étais trop petit et pas assez costaud pour jouer au football, et d'ailleurs, au football, il y a un ballon.

L'amateur rebat les oreilles de tout le monde à vouloir expliquer le pourquoi de sa prédilection – et, dans le fond, quelle importance ? La lutte, comme la boxe, est un sport où l'on est divisé en catégories selon son poids. Autrement dit, on s'affronte à des gens de son gabarit. Le choc est parfois très rude, mais la surface où l'on atterrit est raisonnablement molle. Et puis, les sports de combat comportent des aspects tout à fait civilisés ; ainsi, cette règle que j'ai toujours admirée et qui veut que l'on soit responsable de son adversaire : quand on le soulève du tapis, on s'assure qu'il y retombe intact. Mais quant à dire pourquoi j'aime la lutte, j'avancerais que c'est sans doute la première discipline où j'aie valu quelque chose. Et le succès limité que j'y ai obtenu, je le dois en tous points à mon premier entraîneur, Ted Seabrooke.

Seabrooke avait été champion au tournoi des Dix, et deux fois champion des All Americans, en Illinois. Il était bien trop fort pour ce boulot d'entraîneur à Exeter; ses équipes dominèrent la lutte en lycées publics et privés dans toute la Nouvelle-Angleterre pendant des années. Du temps qu'il faisait de la compétition au niveau national, il pesait soixante-dix kilos; c'était un bel athlète. Quand je fis sa connaissance à l'Institut, il avait bien pris vingt kilos. Il s'asseyait sur le tapis, jambes écartées, coudes fléchis, avant-bras tendus vers l'adversaire au niveau de la poitrine. Et dans une position aussi vulnérable, il était parfaitement en mesure de se défendre; je n'ai jamais vu personne réussir à passer derrière lui. Sur les fesses, il savait se déplacer comme un crabe; ses pieds vous faisaient tomber, ses jambes vous prenaient dans leur ciseau, ses mains entravaient les vôtres, vous infligeaient un contrôle de tête. Il vous faisait une immobilisation en crabe ou bien en s'emparant de la jambe qui était vers lui et du bras opposé. Il était toujours très doux et ne semblait pas déployer une énergie considérable pour vous réduire à l'impuissance. (Par la suite, il eut du diabète puis mourut d'un cancer. Lors de son service funèbre, je ne pus pas prononcer la moitié du discours que j'avais écrit à sa mémoire, parce que je savais par cœur les passages qui me feraient pleurer si j'essayais de les dire à haute voix.)

Ted Seabrooke ne se contenta pas de m'enseigner la lutte ; il me prévint d'avance que je ne serais jamais mieux que « tout juste passable » – à cause de mes performances athlétiques limitées. Mais il me persuada aussi que je pourrais compenser ce handicap, cette absence de capacités évidentes, à condition de me donner à fond, de m'appliquer à apprendre. « Les dons, les dons, disait-il, on en fait tout une histoire. Tu n'es pas spécialement doué, et après ? Ça n'est pas une raison pour laisser tomber. »

Au lycée, un match de lutte dure six minutes, divisées en trois périodes de deux minutes chacune, sans temps de repos entre elles. Pour la première période, les lutteurs sont debout face à face ; position neutre sans avantage pour aucun des deux. Pour la deuxième période, à l'époque, l'un des deux pouvait choisir la position dessus ou dessous ; et, pour la troisième période, on changeait. (De nos jours, on a en plus le droit de choisir la position neutre, et le lutteur qui a le choix pour la deuxième période peut « passer » et le reporter sur la troisième.)

Ce que l'entraîneur m'apprit, c'est qu'il me faudrait tenir un score serré lors des deux premières périodes – assez serré du moins pour pouvoir remporter le match sur un simple balayage ou surpassement lors de la troisième. Et puis, il me faudrait éviter la « lutte négative » – ces situations où toutes les prises sont permises et qui profitent automatiquement à celui des deux lutteurs qui est le meilleur athlète. Maîtriser le rythme du match – ce qui implique de la technique, une position correcte et un bon entraînement physique – était donc mon objectif. Je sais que cela vous paraîtra bien morne, mais j'étais un lutteur sans génie. Le tempo qui me convenait était lent. J'aimais les matchs au score peu élevé.

J'ai rarement gagné par tombé ; en cinq ans de lutte à Exeter, je n'ai sans doute mis les épaules au sol qu'à une demi-douzaine de mes adversaires. Quant à moi, on ne me les a presque jamais mises non plus ; deux fois seulement, en somme.

Je gagnais cinq à deux quand je dominais mon adversaire ; je gagnais trois à deux ou deux à un quand j'avais de la chance ; je perdais deux à trois ou trois à quatre quand j'en avais moins. Si je réussissais la première projection, j'avais toutes les chances de gagner. Si je la ratais, j'avais beaucoup de mal à remonter ; je n'étais pas du genre à combler mon désavantage. J'étais « tout juste passable », comme aurait dit l'entraîneur, en tant que lutteur de contre, aussi. Mais si je tombais face à un meilleur athlète, je ne pouvais pas me permettre de me fier à mon contre d'entrée de jeu. Mes contre-attaques n'étaient pas assez rapides, mes réflexes même ne l'étaient pas. Si mon adversaire m'était supérieur sur le plan physique, je prenais l'initiative ; mais, s'il était meilleur lutteur, alors j'essayais de contrer la sienne.

« Ou vice versa, si ça ne marche pas », disait volontiers Seabrooke, qui ne manquait pas d'humour. « Là où va la tête, le corps doit suivre – en principe. » Et il concluait : « Celui qui est dessous a toutes les chances de redresser la situation. »

Ainsi j'aurais le dessous : c'était une idée que je ne m'étais jamais faite de moi-même. Il me faudrait donc maîtriser le rythme de tout ce qui se passerait. Je n'en avais jamais appris autant en Anglais 4F, mais le concept s'appliquait très bien à l'écriture de fiction, et d'ailleurs à toutes mes études. Quand mes camarades mettaient une heure à étudier pour le cours d'histoire suivant, je m'en accordais deux ou trois. À défaut de faire des progrès en orthographe, je pouvais me dresser une liste des mots sur lesquels je trébuchais le plus souvent, et garder cette liste sur moi. Je l'avais sous la main pour les contrôles-surprise. Et puis, surtout, je récrivais tout. Parce que le premier jet, c'est comme la première fois qu'on essaie une projection ; il faut s'y exercer tant et plus avant d'envisager même de la tenter dans un match. Je commençais à prendre au sérieux mon absence de dons.

J'avais un professeur d'espagnol arrogant qui prenait plaisir à humilier les élèves pas tout à fait au point – dont j'étais – en leur faisant cette prédiction acerbe autant qu'élitiste : qu'ils finiraient à Wichita. J'ignorais alors que Wichita se trouvait au Kansas ; mais je percevais tout de même l'intention vexatoire ; puisque nous n'étions pas assez doués pour entrer à Harvard, nous irions à Wichita, et ce serait justice. Moi, je pensais, eh va te faire foutre, si c'est ça je me donnerai pour objectif de bien travailler à l'université de Wichita. Ted Seabrooke avait étudié à l'université de l'Illinois, lui, et je doute qu'elle eût trouvé grâce aux yeux de mon professeur d'espagnol.

Je me rappelle avoir dit à Ted Seabrooke que j'avais eu deux profs d'espagnol sympas, et un odieux. « Ben, tu vois, ça fait une moyenne », conclut-il.

Un toast d'une demi-livre

Du temps que j'étais à l'Institut d'Exeter, la lutte y prit deux tournants importants à l'initiative de Ted. D'abord, la salle passa du sous-sol de l'ancien gymnase aux combles de la piste couverte, qu'on appelait la « cage ». Dans la nouvelle salle, là-haut, sous les poutres, on mourait de chaleur ; depuis la piste de terre battue, et depuis celle de bois, au-dessus, nous parvenaient les vibrations régulières des coureurs. Dès que nous étions absorbés par notre entraînement, nous ne les entendions plus. La salle était séparée de la piste de bois par une lourde porte à glissière, tenue fermée pendant l'entraînement et laissée ouverte le reste du temps.

Autre changement, celui des tapis. Lorsque j'avais débuté, nous avions des tapis de crin, avec un mince revêtement de plastique souple. Or ce revêtement s'avérait peu efficace contre les brûlures par frottement, et, comme un drap de lit, il se détendait à l'usage. Les plis qui s'y creusaient occasionnaient foulures, entorses, fractures de la cheville. Quant à amortir les chutes, les anciens tapis ne valaient pas grand-chose en comparaison des nouveaux, qui arrivèrent à temps pour que la faculté en équipât sa nouvelle salle.

Leur surface était lisse, sans revêtement. Lorsqu'ils étaient chauds, on pouvait y laisser tomber un œuf depuis la hauteur du genou sans le casser (chaque fois que l'expérience ratait, nous disions que le tapis n'était pas assez chaud). En revanche, sur le sol froid d'un gymnase, leur texture changeait du tout au tout. Par la suite, j'en ai entreposé un dans ma grange, au cœur du Vermont, et, l'hiver, il devenait dur comme du bois.

Lorsque nous recevions une autre équipe, les matchs avaient également lieu dans la cage, mais pas dans la salle de lutte où nous nous entraînions. Au niveau de la piste de bois s'étendait un parapet en forme de L. Ce perchoir ainsi que l'une des boucles de la piste elle-même pouvaient accueillir de deux cents à trois cents spectateurs qui avaient alors vue sur un terrain de basket-ball inférieur aux normes, où nous déroulions nos tapis. Cet arrangement laissait tout juste la place de caser un peu plus d'une douzaine de gradins ; la plupart de nos supporters se retrouvaient donc au-dessus de nous, sur la piste de bois et le parapet. On avait l'impression de lutter au fond d'une tasse à thé, et qu'eux nous observaient depuis le pourtour.

L'endroit où nous luttions était fort justement appelé la « fosse ». L'odeur de terre battue qui nous parvenait de la piste voisine nous rappelait étrangement l'été, même si la lutte est un sport qui se pratique l'hiver. Comme les portes du bâtiment s'ouvraient sans arrêt, il ne faisait jamais chaud dans la fosse ; les tapis, qui chauffaient si bien à l'entraînement, se trouvaient froids et durs lors des compétitions. Et lorsque nos rencontres tombaient le même jour que celles des coureurs, le bruit du pistolet qui donnait le départ des courses se répercutait dans la fosse. Je me suis toujours demandé quel effet ça faisait à l'équipe des visiteurs.

Mon premier match dans la fosse fut une expérience qui m'apprit beaucoup. Les lutteurs qui en sont à leur première ou leur deuxième année ouvrent rarement les séries dans les bonnes équipes des lycées ou des instituts. Dans le New Hampshire des années cinquante, la lutte n'était pas un sport qu'on pratiquait automatiquement depuis tout petit – contrairement au basket ou au base-ball, au hockey ou au ski. Dans tous les sports, il y a des choses qu'il faut savoir et qui ne coulent pas de source. Et la lutte, en particulier, n'a rien qui aille de soi. Un double ramassement de jambes avec arraché, ce n'est pas comme une tête au football. La lutte ne consiste pas à envoyer l'adversaire au tapis, elle consiste à le contrôler. S'il s'agit de le faire tomber par les jambes, il ne suffira pas de les lui faire plier d'un coup ; il faudra glisser vos propres hanches sous lui, pour le soulever du tapis avant de l'y renvoyer – et cela n'est qu'un exemple. En clair, un lutteur qui n'en est qu'à sa première année aura beau être costaud ou très bien entraîné, il sera toujours très désavantagé par rapport à un adversaire expérimenté.

Je perds le compte des maladies, blessures et/ou deuils familiaux qui me valurent mon premier match dans la fosse. Personnellement, je me contentais très bien de me mesurer à ceux qui avaient comme moi un ou deux ans de lutte derrière eux. Il y avait une « échelle » affichée dans la salle d'entraînement, par catégories de poids. Lors de ma première année, avec mes soixante kilos, je n'arrivais qu'en quatrième ou cinquième position sur l'échelle. Mais le représentant de l'équipe était malade ou blessé, son remplaçant ne faisait pas le poids, et peut-être que le suivant sur la liste avait dû rentrer chez lui ce week-end-là parce que ses parents divorçaient – qui sait ? Quoi qu'il en ait été, je me suis retrouvé le plus « compétitif » dans ma catégorie.

Cette fâcheuse nouvelle me parvint au restaurant universitaire, où j'étais serveur à une table de profs. Par chance, je n'avais pas encore pris mon petit déjeuner : il aurait fallu que je le régurgite. Parce que, même à jeun, j'avais deux kilos de trop pour ma catégorie, et il me fallut courir près d'une heure sur la piste de bois de la cage, avec une parka de ski et autres vêtements d'hiver sur le dos. Après quoi, je partis sauter à la corde dans la salle de lutte pendant une demi-heure, cuirassé d'une combinaison en caoutchouc avec un sweat-shirt à capuche par-dessus. Lorsqu'on nous pesa, avant la compétition, je faisais bien cinquante grammes de moins que le poids limite. C'est alors que j'aperçus pour la première fois mon adversaire, Vincent Buonomano, qui représentait le lycée de Mount Pleasant aux championnats de Nouvelle-Angleterre, à Providence, dans le Rhode Island.

Si nous avions déclaré forfait pour cette catégorie de poids, ça ne nous aurait pas coûté plus cher : un forfait coûte le même nombre de points qu'un tombé, à savoir six. À l'époque, si on perdait sur décision de l'arbitre, cela ne coûtait que trois points à l'équipe, quel que fût le déséquilibre du score au match individuel. Autrement dit, j'avais pour objectif de me faire mettre une raclée, pour que mon équipe ne perde que trois points au lieu de six.

Les quinze ou vingt premières secondes, ça ne me parut pas mission impossible ; mais, après, mon adversaire me fit tomber sur le dos, et je passai le reste de la période dans une clef de cou – j'avais le cou robuste. Pour la deuxième période, j'eus le choix de la position ; je choisis donc, sur les conseils de Ted Seabrooke, la position dessus (il savait que j'avais du mal à survivre dessous). Mais Buonomano me surpassa aussitôt ; de sorte que je passai aussi le plus clair de la deuxième période à me débattre sur le dos. Les seuls points que j'obtins furent pour dégagement, et bien immérités, puisque Buonomano me laissa faire – il se disait qu'il serait plus facile de me faire toucher les épaules après une projection. L'un de ces déséquilibres m'envoya au tapis sur le nez ; or, comme j'avais les mains prises, impossible d'amortir ma chute. On a raison de dire qu'on voit « trente-six chandelles ».

Lorsqu'on interrompt un match pour arrêter une hémorragie, la pendule ne décompte pas de temps ; c'est parce qu'on ne peut pas faire semblant de saigner. Tandis que, pour les autres blessures, le lutteur n'a droit qu'à quatre-vingt-dix secondes de récupération pour tout le match. En l'occurrence, on ne me décomptait rien ; lorsque l'entraîneur eut fini de fourrer des mèches de coton dans les narines pour étancher le flot de sang, mon vertige avait diminué, et je regardai le temps qui restait à tenir : quinze secondes ! Je comptais bien ne pas me retrouver sur le dos en quinze secondes, tout de même, et je le dis à Ted Seabrooke.

– Oui, mais ce n'est que la deuxième période, me rappela-t-il.

J'arrivai bien au bout des trente secondes, mais j'eus les épaules au tapis au milieu de la deuxième période.

– Il ne restait plus qu'une minute à tenir, me dit ma mère, désolée.

Le pire, quand on perdait par tombé dans la fosse, c'est qu'on n'arrivait pas à oublier l'image de ces gens qui vous regardaient d'en haut. Quand on gagnait, les fans braillaient. Quand on perdait, ils se taisaient, l'air vague, comme si ça ne les intéressait plus, comme s'ils se distanciaient déjà de votre défaite.

Ce fut la première et la dernière fois que je subis un tombé dans la fosse. La seule autre défaite que je me rappelle, ce fut par blessure : je m'étais cassé la main. Lorsque le panseur me passa le seau, parce que j'avais besoin de cracher, je vis au fond des pelures d'orange et une serviette pleine de sang ; aussitôt, je m'évanouis. Mis à part cette mésaventure, et mon tout premier match, contre Vincent Buonomano, le champion de Mount Pleasant, j'associe la fosse à des victoires ; c'est là que j'avais fait mes meilleurs matchs, là que j'avais fait match nul un à un contre Anthony Pierannunzi, champion du lycée d'East Providence. J'eus moins de chance pour les championnats de Nouvelle-Angleterre, où il me battit deux ans de suite, de sorte que, malgré deux saisons de matchs amicaux sans défaite, je ne pus jamais remporter de titre au niveau de la Nouvelle-Angleterre.

Mes années à Exeter furent les dernières où le vainqueur du tournoi ait pu se prévaloir à juste titre d'être le champion de *toute* la Nouvelle-Angleterre ; car 1961 fut la dernière année où le tournoi réunit les instituts privés et les lycées publics ; c'est cette année-là que je fus capitaine de l'équipe. Après, il y eut des tournois différents pour le public et pour le privé ; ce qui est bien dommage, à mon avis, car les jeunes des deux secteurs ont beaucoup à apprendre les uns des autres. Mais il faut reconnaître qu'en 1961 le tournoi inter-écoles, comme on disait, avait déjà pris des proportions ingérables.

Je me rappelle ma dernière virée en car avec l'équipe d'Exeter jusqu'à East Providence, patrie de Pierannunzi, ma Némésis des tapis. Nous avions vérifié notre poids sur les balances du gymnase à cinq heures du matin ; nous étions tous au-dessous de la limite de notre catégorie, quoique parfois juste d'un poil. Le car quitta Exeter dans la nuit, qui, aux environs de Boston, fit place à un brouillard d'hiver dense : la neige, le ciel, les arbres, la route étaient un camaïeu de gris.

Notre représentant pour la catégorie des moins de cinquante-sept kilos, Larry Palmer, avait des inquiétudes sur son poids. Il n'était qu'à cent grammes de la barre en partant d'Exeter, et la pesée officielle se ferait à East Providence. Et si leurs balances n'étaient pas réglées pareil ? (Ça aurait été curieux.) Pour moi, j'étais à une demi-livre au-dessous de la barre ; j'avais la bouche sèche, mais je n'osais pas boire une goutte d'eau ; je crachais dans un gobelet en carton. Larry faisait pareil. « Écoutez-moi bien, nous avait dit Ted Seabrooke, si vous ne mangez pas, si vous ne buvez pas, c'est pas le voyage en car qui va vous faire prendre du poids. »

Un peu au sud de Boston, on s'arrêta dans un Howard Johnson ; ça, c'est Larry Palmer qui s'en souvient ; moi, je ne descendis même pas du car. Il y en avait parmi nous qui étaient assez loin de leur limite supérieure pour prendre le risque de manger un morceau ; la plupart descendirent au moins du car, ne serait-ce que pour faire pipi. Moi, ça faisait trente-six heures que je n'avais rien dans le ventre ; je savais que je n'oserais rien manger ni boire. Pisser : hors de question.

Or donc, l'autre jour, alors que nous évoquions l'histoire du « toast fatal », Larry Palmer m'assura :

« Et nature, hein, sans beurre ni confiture. En plus, je ne l'avais même pas fini.

– Et tu n'as rien bu ?

– Pas une goutte. »

(Depuis quelque temps, nous avons pris l'habitude de nous réunir au moins une fois par an. Larry est devenu professeur de droit à la faculté de Cornell, et l'un de ses fils vient de se mettre à la lutte.)

Sur les balances d'East Providence, Larry Palmer dépassait de cent grammes la limite de sa catégorie. Nous qui comptions sur lui sans faute pour aller en demi-finale – minimum ! Sa disqualification nous coûta des points précieux, de même que ma défaite contre Anthony Pierannunzi d'East Providence, qui était plus coriace chez lui que chez nous dans la fosse. En deux ans, nous nous étions retrouvés quatre fois face à face ; je l'avais battu une fois, nous avions fait match nul une fois, et il m'avait battu deux fois, mais les deux fois en tournoi, ce qui comptait le plus. Tous nos matchs furent serrés, mais la dernière fois, à East Providence, il gagna par tombé. Si bien que, pour finir, les deux fois que j'ai eu les épaules au sol à Exeter, lors de mon premier et de mon dernier match, ça a été par un champion de Nouvelle-Angleterre venu du Rhode Island. (Exeter n'a pas réussi à conserver son titre d'équipe championne en 1961 ; l'équipe de 1960 était peut-être la meilleure de l'histoire d'Exeter.)

Quant à Larry Palmer, il était sidéré. Ce malheureux toast ne pesait pas une demi-livre, tout de même !

Ted Seabrooke, fidèle à lui-même, prit la chose avec philosophie : « Te frappe pas, lui dit-il. C'est sûrement la croissance. » Il avait vu juste. L'année suivante, en 1962, lorsque Larry Palmer se retrouva capitaine de l'équipe, il remporta le titre dans sa catégorie, qui était devenue celle des moins de soixante-huit kilos. Outre ce saut de près de douze kilos, il avait pris la bagatelle de quinze centimètres.

Je comprends bien à présent que la tranche de pain grillée ingérée au Howard Johnson ne pesait pas une demi-livre. Larry avait sans doute commencé sa crise de croissance dans le car. On était tellement désolés pour lui, quand il est apparu qu'il ne faisait plus le poids, qu'on a évité de le regarder de trop près ; mais en fait, avec sa demi-livre excédentaire, il avait probablement pris cinq centimètres dans le car ; la différence devait être visible, si on avait eu le coup d'œil.

Les livres que je lisais

À l'école, et même dans les bonnes écoles comme celle d'Exeter, on a tendance à étudier les œuvres courtes des grands auteurs, en tout cas pour commencer. C'est ainsi que je suis entré dans Melville par *Billy Budd,* après quoi je suis allé en bibliothèque pour découvrir *Moby Dick* tout seul. De même, j'ai abordé Dickens par *Les Grandes Espérances* et un des *Contes de Noël,* puis, toujours au cours d'anglais, j'ai lu *Oliver Twist, Les Temps difficiles, Le Conte des deux villes,* ce qui m'a amené à lire *Dombey et Fils, David Copperfield, Martin Chuzzlewit* et *La Petite Dorrit,* ainsi que *Les Aventures de M. Pickwick* de mon propre chef. Malgré le handicap de ma dyslexie, j'étais devenu boulimique de Dickens, et il est clair que mon travail dut s'en ressentir. En général, ce sont les œuvres courtes des auteurs qui me plaisaient qui m'ont amené à lire leurs œuvres plus longues – que j'ai encore préférées. Or le goût des romans-fleuves fait des ravages sur le travail à la maison.

Au cours d'anglais, à Exeter, on me fit « démarrer » George Eliot par *Silas Marner,* mais ce fut *Middlemarch* qui m'empêcha de finir mon latin et mes maths. Mon père, puisqu'il était professeur de russe, me conseilla sagement d'aborder Dostoïevski par *Le Joueur,* mais ce fut *Les Frères Karamazov* que je lus et relus avec un enthousiasme dévorant. Après quoi, mon père me fit découvrir Tolstoï et Tourgueniev.

Le professeur qui me fit découvrir la littérature contemporaine, ce fut George Bennett, qui coiffait les professeurs d'anglais, comme je l'ai dit. C'était aussi un lecteur passionné – il lisait tout ce qui lui tombait sous la main. J'étais encore à Exeter – cela se passait environ dix ans avant que mes concitoyens ne « découvrissent » Robertson Davies avec la publication de *L'Objet du scandale* – lorsque George m'engagea à lire *Leaven of Malice* et *A Mixture of Frailites.* (Il s'écoula bien des années avant que je ne me lance dans *Tempest-Tost,* le premier roman de la trilogie Salterton.) La lecture de Robertson Davies me mena tout droit à celle de Trollope, ce qui est assez logique. (Mais lorsqu'on connaît l'étendue de l'œuvre de Trollope, on imagine les dégâts sur mon travail à la maison.) On a souvent dit que Robertson Davies est le Trollope du Canada ; moi, j'ajouterais volontiers qu'il en est le Dickens.

Vingt ans plus tard, en 1981, le Pr Davies écrivit dans le *Washington Post* une critique de mon *Hôtel*

New Hampshire. L'article était si plein de malice, si agréable à lire, que je fis le voyage jusqu'à Toronto pour le simple plaisir de déjeuner avec son auteur – dont je connaissais alors toute l'œuvre. Or je m'étais fracturé le gros orteil à l'entraînement, et l'enflure était telle que je n'entrais plus dans aucune de mes chaussures. Par chance, mon fils Colin, seize ans, avait déjà le pied plus grand que le mien. Même ainsi, je dus lui emprunter ses chaussures de lutte : c'étaient les seules avec lesquelles je pouvais marcher sans boiter. De toute façon, c'était ça ou faire la connaissance de Robertson Davies pieds nus.

Le déjeuner eut lieu au York Club et fut assez guindé ; mais si le professeur me témoigna une courtoisie et une gentillesse exquises, je dois dire que, chaque fois que son regard se posait sur mon pied, il ne s'y lisait aucune indulgence. Aujourd'hui, Janet, ma femme, est son agent littéraire [1]. Et comme nous vivons une partie de l'année à Toronto, nous dînons souvent avec Rob et Brenda Davies. Certes, nous n'abordons jamais le sujet de la chaussure en général, mais je demeure convaincu que le Pr Davies garde de notre première rencontre un souvenir critique.

Lorsque Janet et moi nous sommes mariés à Toronto, j'avais pour témoins Colin et Brendan, mes deux fils d'un premier mariage ; et c'est Robertson Davies qui a lu la Bible. Il en avait d'ailleurs apporté

1. Robertson Davies est mort en 1995, après que John Irving a achevé ces Mémoires *(NdT)*.

son exemplaire personnel, convaincu qu'il était que la chapelle de l'évêque Strachan ne posséderait pas la traduction correcte. Car en cette ère moderne où le sol se dérobe sous nos pas, le professeur était un ardent défenseur de la version du roi Jacques.

C'était la première fois que Colin et Brendan rencontraient Robertson Davies. Brendan, qui avait dix-sept ans à l'époque, n'avait pas vu ce personnage à magnifique barbe blanche s'avancer jusqu'à la chaire. Lorsqu'il leva les yeux, il découvrit l'homme, avec sa stature imposante, sa barbe de prophète et sa voix de stentor ! Au dire de Colin, qui, lui, avait vingt-deux ans, on aurait cru qu'il venait d'apercevoir un fantôme. La vérité allait plus loin encore : Brendan, qui n'avait rien d'un pilier d'église, toutes confessions confondues, crut bel et bien que le Pr Davies était Dieu.

Lorsque j'avais dix-sept ans, soit l'âge de Colin lors de mon second mariage, George Bennett ne se contenta pas de m'initier à Robertson Davies, il m'encouragea aussi à dépasser ma première impression de Faulkner. Je ne sais plus par quel roman j'avais abordé Faulkner, c'était en tout cas lors d'un cours de littérature anglaise, mais j'avais eu du mal ; soit j'étais trop jeune, soit ma dyslexie renâclait devant la longueur de ces phrases – l'un n'empêchant pas l'autre. Je n'ai jamais aimé Faulkner ou Joyce, mais j'ai appris à les apprécier avec l'âge. Et ce fut aussi George qui me persuada de ne pas rester sur mes difficultés à lire Hawthorne ou Hardy ; j'allais adorer Hardy, et, à ce jour, Hawthorne, et non Melville, demeure mon auteur américain préféré. Je n'ai jamais fait de folies de Hemingway ni de Fitzgerald, et trouve Vonnegut et Heller bien plus importants que Twain.

C'est aussi George Bennett qui me prévint que, selon toute vraisemblance, j'étais voué à lire « en écrivain ». Il entendait par là que j'aurais des préférences aussi opiniâtres que personnelles et difficiles à défendre. Sur le fond, je crois qu'il voulait dire que, comme la plupart des écrivains que je connais, j'aurais des goûts inavouables ; mais il était trop généreux pour me le dire comme ça.

Lire Proust ou Henry James est au-dessus de mes forces ; Conrad m'effondre. Passe encore pour *The Rover,* littérature pour jeunes garçons, jusqu'à dix-huit ans. Quant au *Cœur des ténèbres,* je n'y vois que le plus longuet des romans courts ; je suis d'accord avec un critique perfide de Conrad qui traitait Marlow d'« intermédiaire bavard » ; je dirais volontiers que le personnage est un procédé narratif fastidieux. Et la raison pour laquelle je préfère *The Rover* à toutes les autres œuvres de Conrad, quoiqu'il soit le plus souvent considéré avec condescendance comme un « livre pour enfants », c'est que, comme l'a dit ce même critique perfide : « Il est singulièrement exempt des considérations éthico-psychologico-métaphysiques omniprésentes chez Conrad. »

Non que les considérations sur ces sujets m'insupportent en toute circonstance. C'est *Mort à Venise* qui m'a donné envie de lire le reste de l'œuvre de Thomas Mann – et surtout *La Montagne magique,* que j'ai lu un nombre de fois dont je perds le compte. La littérature allemande, je n'en appréciai l'attrait avec toute sa force qu'à l'université, où je découvris Goethe, Rilke, Schnitzler et Musil, et, de là, passai à Heinrich Böll et Günter Grass. Parmi les auteurs encore vivants, ce sont Grass, García Márquez et Robertson Davies mes préférés. Si l'on songe que tous trois écrivent des romans « comiques », avec pour modèles les grands conteurs du dix-neuvième siècle, qui privilégient le souffle narratif et les personnages complexes, on peut se dire que je ne me suis guère écarté de la sphère d'influence dickensienne.

À une exception près tout de même, et cette exception, c'est Graham Greene, le premier écrivain contemporain que j'aie eu à lire pour un cours, à Exeter. Il n'aurait peut-être pas été ravi d'apprendre qu'il ne s'agissait pas d'un cours d'anglais, mais de celui du révérend Frederick Buechner, intitulé « Littérature et religion » et qui avait un succès fou. Moi, je suivais tous les cours du révérend. Non pas parce qu'il était notre aumônier, mais parce qu'il était le seul professeur de l'Institut dont les romans aient été publiés, et qu'il avait du talent. Quel talent, je ne m'en rendis d'ailleurs compte que plus tard, en lisant les quatre volumes de la série des *Bebb, Lion Country, Open Heart, Love Feast* et *Treasure Hunt.*

En matière de religion, mes camarades et moi, nous étions une bande de sceptiques. Bien plus cyniques que les jeunes d'aujourd'hui, voire plus cyniques que les hommes mûrs que nous sommes devenus, pour la plupart – j'entends par là que ma génération semble avoir mis de l'eau dans le vin de son scepticisme (ça se peut, des choses pareilles ?). Quoi qu'il en soit, si Freddy Buechner nous plaisait, ce n'était pas pour les sermons qu'il faisait à Phillips Church, ou aux offices du matin – mais je dois tout de même dire que je n'ai jamais entendu ni lu mieux dans le genre. Non, ce que nous trouvions émouvant, c'était l'éloquence avec laquelle il parlait de littérature. Intarissable était son enthousiasme pour *La Puissance et la Gloire,* de Graham Greene, au point que je m'enthousiasmai moi-même pour toute l'œuvre de Greene ou presque.

C'est bien simple, les personnages de Graham Greene, j'ai l'impression de les connaître mieux que les gens que j'ai croisés dans ma vie – et ce n'est pourtant pas que j'aurais aimé ou aimerais les connaître. Je ne peux pas m'asseoir sur un siège de dentiste sans penser au terrible Mr. Tench, ce dentiste en exil témoin de l'exécution du prêtre alcoolique. Pour moi, ce n'est pas Emma Bovary qui représente l'adultère ; c'est le pauvre Scobie dans *Le Cœur du sujet,* avec son effroyable femme, Louise ;

c'est Helen, la veuve de dix-neuf ans avec qui Scobie a une liaison, et c'est encore Wilson, l'agent secret amoral, vaguement épris de Louise. Puis j'ai découvert le monde infâme et louche du *Rocher de Brighton,* avec Pinkie, cette gamine de dix-sept ans corrompue jusqu'à la moelle, et Rose, l'innocente de seize ans…, le meurtre de Hale, Ida qui se saoule à la bière brune. C'est désormais ainsi que je me représente les bas-fonds, de même que *La Fin d'une liaison* est l'anti-histoire d'amour la plus glaçante que je connaisse. Pauvre Maurice Bendrix, pauvre Sarah, et puis pauvre Henry ! Sachant ce que l'on sait, si l'on croisait ces gens-là dans la rue, on s'écarterait d'eux.

« On dirait que la haine passe par les mêmes glandes que l'amour, a écrit Graham Greene. D'ailleurs, elle produit les mêmes actes. » J'avais tapé cette phrase sur un papier qui finissait par jaunir, scotché à ma lampe de bureau, bien longtemps avant d'être en mesure d'en sonder la vérité. J'ai compris plus vite, dès que je me suis mis à écrire moi-même, cet extrait de *La Fin d'une liaison* : « Dans le travail de l'écrivain, une bonne part vient de l'inconscient ; c'est dans ces profondeurs que le dernier mot est écrit bien avant que le premier n'apparaisse sur la feuille. Les détails de notre histoire, nous ne les inventons pas, nous nous les rappelons. »

La Fin d'une liaison est le premier roman qui m'ait fait un choc. Je l'ai lu à une époque où la plupart de mes contemporains – enfin, ceux qui lisaient – étaient sous le choc de *L'Attrape-Cœur,* que je trouvais aussi peu émoustillant que la masturbation. Le personnage bien connu de Salinger, cet ado perturbé, ne sait vraiment rien en comparaison de Bendrix, qui lui n'ignore pas « qu'on n'est jamais en sécurité nulle part : bossu, bancal, ils ont tous sur eux la gâchette qui peut faire partir l'amour ».

Plus tard, lorsque j'ai lu les dénégations de Greene, cette façon de décrire certaines de ses œuvres comme de purs divertissements, j'ai été interloqué. Le brio avec lequel il manipule les genres populaires dits mineurs, comme le polar, le thriller, lui a valu le mépris des critiques ; c'est le destin des romanciers à succès.

Cela me rappelle Maurice Bendrix, qui dit en pensant à l'un de ses critiques, précisément : « Au bout du compte, sa condescendance m'assignerait ma place ; au-dessus de Maugham, parce que Maugham est un romancier populaire, et que je n'ai pas encore commis ce crime – pour l'instant ; mais même si j'ai encore le bon goût d'être obscur, les revues à tirage limité, ces fins limiers, peuvent flairer le succès qui vient. » Voilà ce que Greene écrivait de Bendrix en 1951, alors qu'il était lui-même en train de se faire connaître, et que bientôt, le « crime » commis, les fins limiers flaireraient son succès et dispenseraient leurs louanges à des écrivains qui faisaient beaucoup moins bien leur métier.

Graham Greene m'apprit dès le lycée que des personnages subtils et complexes, et des histoires déchirantes étaient des impératifs catégoriques pour tout roman digne de la postérité. Mais il m'apprit aussi à détester la critique littéraire ; faute de lui avoir rendu justice, elle s'était disqualifiée à mes yeux. Jusqu'à sa mort, en 1991, Graham Greene a été l'écrivain de langue anglaise le plus accompli, et, toutes langues confondues, le plus perfectionniste.

Son œil aigu se plaisait à le remarquer, la vie est faite de coïncidences. C'est sa nièce, Louise Dennys, qui est mon éditeur pour le Canada. Quant à l'homme qui m'a fait découvrir Greene, le révérend Buechner – qui n'est plus l'aumônier d'Exeter –, c'est aujourd'hui mon voisin et ami dans le Vermont. Le monde est petit. Et, au fond, je ne m'étonne pas tellement d'avoir lu avant de quitter l'université la plupart des auteurs qui allaient compter dans ma vie d'écrivain ; il est vrai, aussi, que les heures passées à les lire s'ajoutant à ma dyslexie m'ont valu de rempiler pour une cinquième année…

Cela n'a plus guère d'importance aujourd'hui. Et j'y vois une excellente leçon pour le romancier : il faut avancer, évoluer – mais à son rythme : finir ses études, finir son livre, on a toujours le temps.

Suppléant

Tandis que l'élite de mes camarades s'inscrivait dans diverses facultés de la prestigieuse Ivy League, ou dans d'autres, d'une réputation équivalente – George Trow fit un écart vers le sud et entra à Harvard, où Larry Palmer entra l'année suivante, et Chuck Krulak, qui avait d'ailleurs déjà quitté Exeter pour Annapolis, fut admis à l'École navale –, moi, je m'inscrivis à l'université de Pittsburgh, parce que je voulais lutter avec les meilleurs.

J'aurais sûrement été plus heureux dans le Wisconsin, où l'on m'avait inscrit sur les listes d'attente parce que je n'avais pas été reçu dans le premier quart à mes examens. À l'époque, je me disais que, si j'étais allé au lycée d'Exeter plutôt qu'à l'Institut, ce ne serait pas arrivé, mais je n'en suis plus si sûr aujourd'hui. En tout cas, au lieu d'attendre une place à l'université du Wisconsin, je choisis Pittsburgh. Pourquoi ? Précisément parce que Pittsburgh me prenait tout de suite.

Ce fut une erreur. J'aimais bien George Martin, l'entraîneur de l'équipe du Wisconsin, et lui aussi m'aimait bien ; son fils Steve, le futur champion de l'État pour les moins de soixante-quatorze kilos, avait été dans mon équipe à Exeter, et nous étions très amis. Lorsque je m'étais rendu à Madison, la ville m'avait beaucoup plu, et j'avais bien aimé la salle de lutte du Badger Club, aussi. Si j'étais allé à l'université du Wisconsin, je ne me serais peut-être jamais classé dans le tournoi des Dix, je n'aurais peut-être même jamais été tête de série, mais je sais que je n'aurais pas abandonné la lutte. Je serais resté quatre ans à Madison, voire plus, et j'aurais eu mes examens, à coup sûr. Seulement, j'avais dix-neuf ans, Pittsburgh m'acceptait, le Wisconsin me demandait d'attendre les événements ; or, quand on a dix-neuf ans, on n'a pas envie d'attendre les événements.

Ted Seabrooke, mon entraîneur, m'avait bien prévenu que je risquais d'être dépassé, là-bas ; qu'il vaudrait mieux essayer une fac plus modeste, un programme de lutte moins exigeant. Mais voyant qu'il ne parvenait pas à me convaincre, il écrivit à Rex Peery, l'entraîneur de Pittsburgh, pour lui dire ce qu'il pensait de mon niveau. Connaissant Ted, je me doute qu'il n'exagéra pas mon potentiel. Perry s'attendait donc à me trouver « tout juste passable » ; seulement, je ne fus même pas ça.

Rex Peery venait de l'Oklahoma, il avait été trois fois champion en national ; ses fils eux-mêmes avaient été trois fois champions dans la coupe des All Americans. L'équipe de Pittsburgh était une véritable pépinière de champions l'année où j'y fis mon entrée ; il y avait là Dick Martin pour les moins de cinquante-sept kilos, Darrel Kelvingon pour les moins de soixante-deux, Timothy Gay pour les moins de soixante-huit, Jim Harrison pour les moins de soixante-quatorze et Kenneth Barr pour les moins de quatre-vingt-deux (Harrison était même un futur champion national, il le devint en 1963). Et puis, il y avait Zolikoff pour les soixante, Jeffries pour les moins de quatre-vingt-dix et Ware pour les hors catégorie – dans le temps, cette litanie, je l'aurais récitée en dormant.

Mon partenaire le plus fréquent s'appelait Sherman Moyer ; il était le représentant de la fac pour les moins de soixante-deux kilos ; il avait fini son service militaire et il était marié. On disait qu'il fumait une cigarette par semaine, en général dans les toilettes, avant un match – en tout cas, c'est bien le seul endroit où je l'aie jamais vu fumer. En position dessus, il était infernal ; pas moyen de s'en dégager ; il aurait pu passer l'après-midi sur moi ; d'ailleurs, il l'avait fait. J'avais beau savoir que ces qualités lui avaient valu de battre deux fois cette saison Sonny Greenhalgh, le champion de Syracuse pour le tournoi des All Americans (Sonny et moi en parlons encore aujourd'hui), cela ne me consolait guère ; de même qu'il ne m'était pas d'un grand réconfort de constater qu'il était fair-play, courtois et débonnaire – pour ne pas dire sympathique ; ces belles qualités ne l'empêchaient pas de me faire mordre la poussière du tapis.

Les nouveaux arrivés en même temps que moi étaient aussi une bande de durs – particulièrement dans ma catégorie et dans les catégories voisines. Tom Heniff venait de l'Illinois et Mike Johnson de Pennsylvanie ; nous étions souvent partenaires à l'entraînement. Heniff et moi luttions dans la catégorie des moins de soixante-deux, puisque j'avais perdu trois livres depuis Exeter. Quant à Johnson, qui luttait dans les moins de cinquante-sept et les moins de soixante-deux, il pouvait démolir n'importe lequel d'entre nous jusqu'à soixante-cinq kilos. L'année suivante, il se retrouva All Americans ; en 1963, il disputait la coupe. Aujourd'hui, il entraîne une équipe lycéenne à Du Bois, en Pennsylvanie.

Je travaillais aussi avec deux nouveaux à l'université, dans la catégorie des moins de soixante-deux. Il y avait un roux nommé Carswell ou Caswell, qui était le type le plus costaud auquel je me sois jamais mesuré au prorata de son poids ; je le revois, il devait mesurer dans les un mètre soixante-trois, avec un tour de poitrine de cent cinquante. Et puis, il y avait un type souriant qui s'appelait Warnick et qui avait une telle tirade de bras qu'on cherchait son bras après l'avoir subie. Je crois que la nouvelle recrue pour les moins de soixante-huit s'appelait Frank O'Korn ; je ne me le rappelle pas bien parce que je ne suis pas souvent tombé contre lui à l'entraînement, sans doute. Pour les moins de soixante-quatorze kilos, il y avait John Carr ; du temps qu'il était PG à Cheshire, il avait remporté le titre pour l'Inter-Écoles ; il allait bientôt demander son transfert pour Wilkes ; jusqu'à une date récente, il était entraîneur d'une équipe lycéenne en Pennsylvanie dans le secteur de Wilkes-Barre. Et, pour couronner cette équipe de nouveaux, il y avait une recrue d'élite, un cogneur de quatre-vingts kilos qui s'appelait Lee Hall.

Je le savais bien que ce seraient des bons. Si je m'étais inscrit, c'était justement parce qu'ils étaient les meilleurs. Mais dans la salle, au cours de la saison 1962, il n'y en avait pas un que j'arrivais à battre ; pas un seul.

Ce n'était pas un problème de technique ; j'avais été bien entraîné à Exeter. Non, le problème, c'est que mes performances athlétiques me situaient trop loin des meilleurs lutteurs universitaires du pays. Grâce à Ted Seabrooke, je n'étais pas un mauvais lutteur ; mais cela ne faisait pas de moi un bon athlète, et Ted me l'avait dit. Je pris une raclée à Pittsburgh. Il ne suffisait pas d'être « tout juste passable ».

Je n'aurai pas la prétention de définir ce qui fait le bon athlète dans tous les sports, mais, pour la lutte, l'équilibre est aussi important que la vélocité, et ne s'inculque pas davantage. Par équilibre, j'entends deux sortes de facultés : la première est celle de le garder (on peut l'enseigner dans une mesure limitée en montrant comment on maintient la bonne position) ; la seconde est celle de le retrouver quand on le perd, et ça, ça ne s'apprend pas. Moi, quand je perds l'équilibre, je mets un temps effroyable à le récupérer ; c'est là ma faiblesse en tant qu'athlète, et c'est un handicap de taille pour un lutteur.

En 1962, les « première année » ne pouvaient pas participer aux compétitions universitaires ; pourtant j'espérais que nous aurions une saison stimulante de matchs amicaux et de tournois – nous aurions constitué l'« équipe qui gagne ». Mais Johnson, O'Korn, Heniff, Warnick et Carr étaient soit inéligibles pour des raisons universitaires, soit blessés, soit les deux ; le programme des « première année » fut donc annulé. La seule compétition dont je serais le témoin avant la fin de l'année (close par le Tournoi interfacs de West Point), ce serait celle, sans merci, qui se livrait entre nous. Si je restais à Pittsburgh, il n'était pas bien difficile d'imaginer mon avenir. Je serais le suppléant de Johnson, Heniff et Warnick, ou des trois ; plus tard, je serais celui des nouveaux talents qui arriveraient année après année. Je ne serais jamais qu'un faire-valoir. Chaque fois qu'une tête de série serait malade, qu'il n'aurait plus le poids prévu, je m'insinuerais dans la liste ; et alors mon rôle serait clair ; faute de gagner, je devrais éviter le tombé. Dans le meilleur des cas, je passerais ma carrière face à Vincent Buonomano, comme dans la fosse, la première fois.

Or, mes petits succès dans la fosse – après y avoir été battu par Buonomano – me rendaient difficilement acceptable ce rôle de faire-valoir. À Exeter, j'avais été tête de série pendant trois ans. Des années plus tard, une fois devenu entraîneur moi-même, j'eus le plus grand respect pour les suppléants des bonnes équipes ; ce sont eux qui assurent la qualité de l'équipe en tant que telle. Ils sont les partenaires d'entraînement indispensables qui auraient pu faire des têtes de série dans des facs plus modestes, ou dans un programme moins compétitif. Mais moi qui m'étais inscrit dans un programme comme celui de Pittsburgh, je ne pouvais pas me contenter de moins ; et je n'avais pas la sagesse de reconnaître combien il était valorisant d'être le faire-valoir de Mike Johnson. Au contraire, je me décevais ; mes handicaps me décevaient. Je voulais quitter Pittsburgh, mais je ne voyais pas pour où.

Contrairement aux années précédentes, je poursuivais mes études sans trop d'efforts, alors que, pour la première fois, je me laissais vivre sur ce plan-là. En revanche, dans la salle de lutte, je travaillais d'arrache-pied ; mais faute de compétitions à l'extérieur, je ne pouvais pas juger de mes progrès. Tout ce que je voyais, c'est que, quand je me mesurais à Moyer, Johnson, Heniff, Warnick, Carswell ou Caswell (bref, le rouquin costaud), je n'étais toujours pas de taille. Et, à part la lutte, tout m'ennuyait ; pour le seul plaisir d'en voir davantage – puisque les compétitions m'étaient interdites –, je demandai à Peery de m'emmener dans les déplacements en tant que manager de l'équipe universitaire. Il était gentil, il voyait que j'étais découragé, il voulait me faire plaisir, il me l'accorda. Quant à moi, comme manager, j'étais facilement dépassé par les événements ; les rêveurs font de piètres organisateurs.

Rex Peery fut toujours très gentil avec moi, sauf le jour où il me coupa les cheveux. Nous étions en déplacement, quelque part dans une salle du Maryland ou de l'École navale. Il me l'avait déjà dit, de me faire couper les cheveux ; et je n'étais pas moindrement contestataire ; au contraire, j'aurais fait n'importe quoi pour lui être agréable ; simplement, j'avais oublié.

Il me posa un bassin chirurgical sur la tête – et pas un rond, encore – et me coupa les cheveux avec des ciseaux à bouts spatulés comme ceux dont on se sert pour retirer le sparadrap autour des blessures à la cheville, au poignet, aux genoux, aux clavicules, aux doigts, à tout ce qui peut se panser (et, à la fin de la saison de lutte, il ne restait plus grand-chose qu'on n'ait pas pansé tôt ou tard). Tout bien considéré, elle n'était pas si vilaine, cette coupe ; Rex n'aurait jamais ridiculisé qui que ce soit intentionnellement. D'ailleurs, dans la logique de toute mon aventure à Pittsburgh, c'était bien ma faute.

Une course en taxi à cent dollars

C'est à peu près à cette époque-là que je me mis à fumer ; pas beaucoup, quoique un peu plus que Sherman Moyer. C'était peut-être lui qui m'avait inspiré ; si je ne pouvais pas me dégager de lui sur un tapis, je pouvais du moins le battre à la quantité de cigarettes fumées. C'était une manière imbécile de dire adieu à la lutte – à laquelle, du reste, je ne dis pas adieu avant la quarantaine, alors que j'allais cesser de fumer presque aussitôt après avoir commencé. Je trouve les comportements autodestructeurs ridicules, sur le fond, quels que soient les démons intérieurs qui les motivent. Étant donné mes talents limités, je ne pouvais pas m'offrir le luxe de saper l'un de mes rares avantages dans la lutte – du moins avant la cigarette : ma forme olympique.

Le paquet me faisait la semaine, quand ce n'était pas la quinzaine ; plus je fumais, plus je m'entraînais. À quoi bon, alors ? Quand on fume si peu, on peut toujours s'arrêter ; je n'arrivai jamais à accoutumance. C'est à Pittsburgh que les services du psychologue n'auraient pas été de trop, et pas pour des problèmes d'orthographe. Au fond de moi, tout en fumant, je m'imaginais que je pourrais encore me rattraper aux championnats inter-facs de la côte Est réservés aux étudiants de première année ; les trois nouveaux à Pittsburgh qui n'étaient pas blessés ou disqualifiés pour une raison ou pour une autre y seraient envoyés ; j'étais du nombre.

Sans doute à cause de ma brève expérience de manager de l'équipe, ce fut à moi que l'on confia les billets de car pour West Point, ainsi que l'argent de poche ; Rex Peery me désigna comme responsable de notre trio. L'équipe universitaire restait à Pittsburgh, où elle s'entraînait pour les nationaux. Nous, c'est-à-dire Lee Hall, moi et Carswell ou Caswell – appelons-le Caswell –, nous n'aurions donc pas d'entraîneur pour nous accompagner au tournoi de l'École militaire. Mais la chose ne paraissait pas bien compliquée. J'avais les billets de car pour le trajet de Pittsburgh jusqu'à la Direction du Port, à New York, ainsi qu'un prolongement depuis New York jusqu'à West Point. Mon rôle se bornerait à nous mener tous trois jusqu'à Manhattan ; là, nous n'aurions plus qu'à sauter dans le premier bus qui remonterait l'Hudson. Un jeu d'enfant ! Le hic, c'est que notre car de Pittsburgh arriva avec du retard. Le temps que nous gagnions la Direction du Port, il était minuit, et le premier bus pour West Point passerait à huit heures du matin. Or, pour avoir rempli les formulaires d'inscription au tournoi, je savais que la pesée se faisait à sept heures.

– Ils nous laisseront jamais concourir si on a raté la pesée, dit Caswell.

– Qu'est-ce qu'on fait ? me demanda Lee Hall.

Moi, je ne pouvais pas m'empêcher de penser au bassin que Rex Peery m'avait appliqué sur la tête, quelque part dans le Maryland ou à l'École navale. Je me demandais bien ce qu'il aurait voulu qu'on fasse, notre entraîneur... Depuis un an, nous ne nous étions mesurés qu'à nos coéquipiers. Manquer ce tournoi, pour nous, c'était manquer notre seul tournoi. Je comptai l'argent de poche que Rex Peery m'avait confié : cent dollars. J'avais nos billets de retour sur tout le parcours. Il nous suffisait donc de nous débrouiller pour être à West Point avant sept heures du matin. Et puisque nous ne pouvions rien manger de peur de ne plus faire le poids, à quoi nous aurait servi l'argent ?

Sitôt quittée la Direction du Port, minuit largement passé, je ne fus pas fâché de me retrouver encadré par Lee Hall, notre poids lourd d'élite, et par Caswell, qui était le type le plus costaud que j'aie connu pour son poids. (Ce jour-là, il était inscrit dans les moins de soixante-deux et moi dans les moins de cinquante-sept.) Je dus négocier avec une bonne douzaine de taxis avant d'en trouver un qui consente à nous conduire à West Point pour cent dollars.

– À West Point, pour cent sacs ? *No problem,* mon pote, dit le chauffeur. C'est où, West Point ?

Caswell déclara que lire une carte dans une voiture qui roulait le faisait vomir. Lee Hall n'arrivait pas à caser sa masse sur le siège avant, le compteur l'étouffait (il lui avait fallu perdre beaucoup de poids pour arriver à quatre-vingts kilos). Je me retrouvai donc d'office navigateur et pris place à côté du chauffeur.

– Vous remontez l'Hudson, simplement, lui dis-je.

– *No problem,* mon pote. La quoi, tu dis ?

Il m'est arrivé de prendre des vols sans escale entre New York et Tokyo ; il m'est arrivé de rouler sans étape de Iowa City jusqu'à Exeter, dans le New Hampshire, mais je peux vous dire que jamais voyage ne m'a paru aussi long. Il paraît que les Hollandais ont remonté l'Hudson en bateau... Je ne crois pas qu'on aurait pu mettre plus longtemps en barque.

Pour commencer, notre carte était en fait un plan de Manhattan, de Brooklyn, du Queens et du Bronx. Ensuite, sitôt quittée la ville avec ses éclairages, notre chauffeur nous révéla qu'il avait peur du noir.

– C'est la pwemièw fois que je roule dans le noiw ! gémit-il.

Nous roulions au pas. Apparemment, pour aller à West Point, il n'y avait que des petites routes – en tout cas, nous n'en avons pas trouvé d'autres.

– C'est la pwemièw fois que je vois autant d'awbw ! nous confia notre chauffeur.

Or, s'il avait des terreurs nocturnes et peur des arbres, quand il finit par arriver à West Point et à son École militaire, avec son entrée impressionnante, les soldats en tenue de combat qui montaient la garde (des MPs, sans doute) eurent raison de ses restes d'assurance.

La police militaire ne s'attendait guère à voir ces trois lutteurs de Pittsburgh débarquer aux petites heures. Les autres étaient là depuis longtemps. On les croyait couchés. Malgré tout, on ne nous demanda pas d'ouvrir nos sacs de sport pour vérifier nos dires : il suffisait de regarder Lee Hall.

La seule question qui se posait était celle de l'hébergement. Où avait-on mis les autres lutteurs ? Les soldats de garde avaient beau nous sembler redoutables, aucun n'eut le cran d'appeler l'entraîneur de l'armée pour lui demander où nous installer : il devait être dans les quatre heures du matin, ce qui laissait environ trois heures avant la pesée. Lee Hall et Caswell comprirent pourquoi je proposai aux soldats de nous laisser coucher dans le gymnase. Les tapis y étaient déroulés une nuit à l'avance, leur expliquai-je, pour qu'ils soient bien plats au moment de la compétition, et qu'on n'ait pas besoin de scotcher les coins au sol. Nous pouvions tout à fait dormir sur les tapis ; cela ne nous dérangeait pas du tout, assurai-je.

Lee Hall et Caswell savaient bien que ce n'étaient pas les tapis qui m'intéressaient, mais les balances ;

je me fichais bien de dormir ! Il ne restait plus que trois heures avant la pesée, et nous n'avions pas eu la possibilité de vérifier notre poids depuis que nous avions quitté Pittsburgh. Si je pesais deux cents grammes de trop, il fallait que je les sue. J'avais sept cents grammes de trop au départ de Pittsburgh. Je n'avais rien mangé, ni rien bu. En principe, si l'après-midi qui précédait la compétition j'étais dans ce cas, j'arrivais à perdre mon excès en dormant, même si je buvais un quart de litre d'eau. En l'occurrence, je n'avais ni bu ni dormi, mais je grillais quand même de me peser pour plus de sûreté.

L'idée de nous laisser coucher dans le gymnase ne plaisait guère aux MPs. Il y avait des bâtiments de la caserne affectés aux équipes de visiteurs, ils en avaient l'air à peu près sûrs ; le problème était de savoir lesquels.

Lee Hall me confia que, selon lui, ce que nous avions de mieux à faire était de trouver un endroit chaud, et de courir. Comme ça, au moins, on serait sûrs de perdre du poids. D'ailleurs, pour ce qu'il nous restait à dormir avant la pesée, à quoi bon se coucher ? J'étais d'accord avec lui.

Caswell paraissait étonnamment dispos ; il avait dormi durant toute la course en taxi, et il observait à présent l'austère bâtisse militaire avec l'enthousiasme d'un enfant qui vient d'arriver dans un parc de loisirs – Caswell semblait ne jamais s'en faire pour son poids.

C'est alors que je m'aperçus que notre taxi était resté avec nous : il avait trop peur, il ne voyait pas du tout comment retrouver son chemin « dans le noiw comm' ça ». Son hébergement à lui plongeait les MPs dans une perplexité plus profonde encore.

L'un d'entre eux finit par trouver le cran de passer un coup de fil. J'ignore le nom ou le grade du soldat qu'il réveilla, mais je puis dire qu'il jouissait d'un organe particulièrement puissant. On nous conduisit en Jeep jusqu'à un bâtiment obscur ; notre taxi fut du voyage, trop heureux de remettre les clefs de son véhicule aux sentinelles. La bâtisse était un de ces dortoirs de pierre dont la cage d'escalier s'allume par une minuterie, commandée par un bouton à chaque étage. Ce bouton se trouvait à côté de la porte du couloir, où il brillait, jaune, tel un œil de chat. En appuyant, on déclenchait deux minutes de lumière, soulignées par un tic-tac, après quoi tout était plongé dans le noir, et il fallait atteindre l'interrupteur le plus proche. Au prix de cette douloureuse méthode, il y avait là quelques lutteurs qui sprintaient ou couraient dans les escaliers, tantôt dans la lumière, tantôt dans les ténèbres, au gré de la minuterie. L'un de ces coureurs d'étages nous conduisit dans une salle immense, surchauffée et qui sentait le fauve ; de nombreux lutteurs y dormaient sur des lits de camp, tout habillés, sous des monceaux de couvertures, afin de suer leur excès de poids dans leur sommeil.

(Ou d'ailleurs, les yeux grands ouverts dans le noir, pour beaucoup.)

– Hé ! ça pue là-dedans, mon pote ! dit le taxi.

À première vue, il n'y avait aucun lit de libre ; mais cela ne gêna guère Caswell, qui s'installa par terre, sur son sac de sport ; à mon avis, il dormait déjà à poings fermés lorsque Lee Hall et moi, nos survêtements enfilés, partîmes courir dans l'escalier. Les types arrivés avant nous avaient mis au point le système suivant : chaque fois que la lumière s'éteignait, celui qui était le plus près du voyant jaunâtre rallumait. Mais, avec ou sans lumière, personne ne s'arrêtait de courir, personne ne parlait. De temps en temps, j'appelais : « Lee ? », et il me répondait : « Quoi ? »

Au bout d'un quart d'heure-vingt minutes, je transpirais comme il fallait ; je me mis donc à courir en plus petites foulées, simplement pour ne pas cesser de suer. Et j'étais sans doute endormi lorsque j'allai me cogner la tête dans un mur. J'avais l'arcade sourcilière ouverte ; je sentais que je saignais ; mais je ne savais pas à quel point je m'étais amoché.

– Lee ?

– Quoi ?

Un voleur

Au moment de la pesée, je ne faisais plus que cinquante-cinq kilos. Le soigneur de l'armée me rasa le sourcil et appliqua un pansement de gaze sur ma blessure, tout en me conseillant d'aller me faire recoudre l'arcade proprement dès mon retour à Pittsburgh. Je compris que j'avais trop couru : j'avais les jambes en coton.

Après la pesée, on déjeuna au mess, où nous avait précédés notre chauffeur de taxi ; il est temps que je lui donne un nom : appelons-le Max.

– Qu'est-ce que tu fais là, Max ? lui lançai-je.

Il était en train de dévorer un énorme petit déjeuner – histoire de se mettre en forme et de se donner du cœur au ventre avant de regagner Manhattan, pensai-je. Mais Max avait décidé de rester encore un peu avec nous et d'assister aux matchs de présélection.

– Comme ça, si vous gagnez, vous autres, je resterai peut-être pour la série suivante. D'ailleurs, nous signala-t-il, il tombe de la neige fondue.

À la lumière du jour, Max semblait presque cultivé. Et puis, on aurait dit qu'il nous avait adoptés. Nous, nous essayions de nous concentrer sur le tournoi, nous n'avions pas la tête à nous poser des questions sur son compte. Lee Hall mangea beaucoup plus que moi. Mon estomac avait rétréci ; j'avais faim pourtant, mais, avec un bol de flocons d'avoine, je fus rassasié. Caswell, avec cette expression de contentement qui ne le quittait jamais, alla s'étendre dans les vestiaires pour y faire un somme, après avoir ingurgité un nombre impressionnant de ce qui devait être des pancakes.

Sur les murs du gymnase, on était en train d'afficher les tirages au sort par catégories. Lee Hall et moi regardions les noms des adversaires contre lesquels nous tombions. J'aurais bien aimé que Caswell soit là avec nous, au lieu de dormir, parce que je voulais travailler différentes projections. Étant donné nos gabarits disproportionnés, Lee Hall et moi ne pouvions pas nous entraîner ensemble. Il me fallut donc rouler-bouler sur les tapis tout seul, en regardant le public s'installer par petits groupes. Je me rappelle ce vieux gymnase ovale, avec sa piste de course en bois, au-dessus, qui évoquait la fosse d'Exeter, en plus oblong, avec un plus vaste espace au sol ; il y avait au moins six tapis déroulés pour les matchs de présélection, et une longue rangée de sièges était disposée sur tout le pourtour du gymnase, presque jusqu'aux tapis.

J'ouvrais l'œil pour apercevoir mes parents ; ils faisaient le trajet en deux jours, avec étape pour la nuit chez des amis, dans le Massachusetts, mais ça ne leur ressemblait pas d'être en retard.

Selon le nombre de participants dans sa propre catégorie, on pouvait avoir deux ou trois matchs de présélection avant les quarts de finale, qui auraient lieu en fin d'après-midi, et les demi-finales, qui auraient lieu le soir. Le lendemain, ce seraient les matchs de classement, ou séries de consolation, qui mèneraient aux finales de consolation, lesquelles auraient lieu le lendemain après-midi. Le temps que nous regagnions New York, il ferait noir, et le voyage de nuit en car jusqu'à Pittsburgh serait long. Le souci de la pesée en moins, nous allions avoir faim, et il ne nous restait plus un sou pour nous acheter à manger. Et puis, ça me faisait drôle de ne pas avoir d'entraîneur pour un grand tournoi comme celui-là.

Comme je luttais dans la catégorie des moins de cinquante-sept, et Caswell dans celle des moins de soixante-deux, nous risquions de passer souvent en même temps, ou en léger décalage ; si bien que nous ne pourrions pas nous conseiller mutuellement. Lee Hall devrait choisir entre me conseiller et conseiller Caswell. Finalement, lorsque lui se retrouva en train de lutter, Caswell et moi étions disponibles tous deux. Du reste, il n'avait guère besoin de conseil, ce Terminator des tapis. Il n'eut aucun mal à se propulser en demi-finale, ses adversaires tenaient rarement au-delà de la deuxième période. Caswell et moi lui criions le temps qui restait, il ne lui en fallait pas plus ; peu lui importait de connaître le score déséquilibré en sa faveur.

John Carr, notre représentant pour les moins de soixante-quatorze kilos, blessé ou disqualifié, n'était pas venu avec nous à West Point. Mais son père était là, et il offrit de nous servir d'entraîneur à tous les trois. Il adorait la lutte, et il avait dû bien s'amuser, toutes ces années, à regarder son fils John, qui était un lutteur de haut niveau. Je me dis qu'en comparaison j'allais beaucoup le décevoir. C'est à peu près mon seul souvenir des présélections. Je battis deux types venus de facs avec des noms d'une seule syllabe, Yale et Penn, peut-être, mais je peux me tromper. Quoi qu'il en soit, dans les deux cas, je réussis ma première projection si net que je réitérai.

Lorsqu'on réussit sa projection, on marque deux points ; si l'adversaire réussit son dégagement, il marque un point ; après quoi, on lui fait une nouvelle projection. Après vos trois projections et ses trois dégagements, vous menez six à trois, et c'est à lui de vous poursuivre, ce qui vous facilite la tâche pour le projeter.

Je travaillai la tirade de bras de Warnick, qui l'avait travaillée sur moi tout l'hiver, à Pittsburgh ; je travaillai aussi un passage dessous, même s'il n'avait pas le délié de celui que Mike Johnson m'avait fait subir une centaine de fois par semaine. C'est ainsi que je me hissai jusqu'aux quarts de finale, en m'apercevant que mes raclées successives à Pittsburgh m'avaient tout de même appris quelque chose.

Au cours des quarts de finale, je mis les épaules au tapis à un type de l'IPR, je me souviens de ce détail, sa fac d'origine, parce que Lee Hall et Caswell me demandèrent le sens de ces initiales et que je m'aperçus alors que j'étais incapable d'orthographier Rensselaer, ou Polytechnique, d'ailleurs. Et subitement je me retrouvai en demi-finale.

Cette heure qui me séparait des demi-finales – peut-être deux ou trois heures, en fait – fut le meilleur moment de ma saison de lutte à Pittsburgh. C'est là que je compris que je ne retournerais jamais à la fac. Lee Hall me parlait ; il me disait combien notre équipe de première année était formidable ; si elle avait été en mesure de prendre part à la compétition, on aurait quitté le tournoi en remportant le titre par équipes ; si seulement Johnson, Heniff, Warnick, O'Korn et Carr avaient pu venir. J'en étais bien d'accord. Mais je savais aussi que si eux avaient pu venir, moi je n'aurais pas été là ; il n'y avait pas de place pour moi dans cette équipe-là. Et Caswell aurait été d'accord avec moi, parce qu'il n'y aurait pas eu de place pour lui non plus.

C'est ainsi que je me mis à savourer le simple plaisir d'être en demi-finale. Or, se laisser aller de cette façon, c'est fatal. Il faut penser à gagner, et non pas se contenter de participer. Se laisser distraire, c'est fatal aussi ; et j'étais en train de me laisser un peu distraire. L'idée de quitter Pittsburgh, je l'avais derrière la tête depuis les Inter-facs première année, mais maintenant, j'en étais sûr. Et puis je commençais à me faire du souci pour mes parents : où étaient-ils passés ?

J'appelai leurs amis dans le Massachusetts ; à ma grande surprise, ce fut ma mère qui décrocha. S'il tombait de la neige fondue à West Point, là-bas, en Nouvelle-Angleterre, c'était de la neige. Mon père et ma mère étaient bloqués jusqu'à la fin de la tempête. Que je gagne ou que je perde en demi-finale, je lutterais le lendemain, soit en finale, soit dans les matchs de classement, qui pourraient facilement mener à un dernier match pour la troisième ou la quatrième place. Dans un cas comme dans l'autre, mes parents me verraient en compétition à West Point le lendemain. Venir du New Hampshire leur faisait un long voyage ; ils n'avaient jamais manqué un seul de mes matchs à Exeter. Il me fallait gagner pour eux, et je commençais à éprouver une certaine tension. Cela aussi me fut fatal, car il y a tension et tension, et c'est pour soi qu'il faut vouloir gagner.

En revanche, je n'attachai aucune importance au fait que Max, notre chauffeur, demeurât introuvable ; peut-être que nous regarder lutter l'avait moins intéressé qu'il ne le prétendait. Plus tard dans la soirée, j'appris que certains lutteurs de la compétition avaient été dévalisés ; ils avaient laissé leurs portefeuilles ou leurs montres dans les vestiaires, qu'ils avaient omis de déposer au coffre des « objets de valeur » de leur équipe. Aussitôt, je soupçonnai Max. Rétrospectivement, je lui trouvai cette parfaite association de charme immédiat et de duplicité invétérée que je prête aux voleurs ; pourtant, sa terreur de la nuit et des arbres ne pouvait guère avoir été feinte – ou alors, j'avais tristement sous-estimé ses qualités de comédien.

Les demi-finales

Quant aux demi-finales, j'y fus ce que Ted Seabrooke avait toujours dit de moi : « tout juste passable ». Seulement, mon adversaire, lui, était bon. Il venait de Cornell, où il était le favori dans sa catégorie de poids, sélectionné numéro un. En l'absence d'un entraîneur qui me connaisse – et Mr. Carr, qui avait un fils plus doué que moi, surestimait généreusement mes aptitudes –, je fis le match prudent que Ted Seabrooke m'aurait recommandé comme le seul rentable face à un lutteur meilleur que moi. Je réussis même la première projection. Mais le représentant de Cornell s'échappa aussitôt ; je ne parvins pas à le maintenir assez longtemps pour marquer un point d'immobilisation, et il me fit une projection impeccable sur le bord du tapis, à la toute dernière minute de la première période, sans me laisser le temps de me dégager. Je menais donc d'un tout petit point, trois à deux, au début de la deuxième période. En tirant à pile ou face, j'avais gagné le choix de la position. Je choisis d'être au sol. Je réussis non sans mal à m'échapper, ce qui me valut un point ; mais mon adversaire m'avait maintenu plus d'une minute, ce qui lui valait aussi un point. La marque était de trois à trois, mais cela voulait dire, avec ce point supplémentaire, quatre à trois pour lui en début de troisième période – sauf si, à mon tour, je l'immobilisais assez longtemps pour lui reprendre son avantage. Il se dégagea en moins de quinze secondes ; le score était donc de quatre à trois, c'est-à-dire en fait de cinq à trois. Deux points d'écart, je savais pouvoir les remonter, théoriquement, pendant la dernière période.

C'est alors que la chance joua en ma faveur ; mon pansement de gaze était trempé, mon arcade saignait sur le tapis. L'arbitre réclama un arrêt de combat pour essuyer le sang, et on me refit rapidement un pansement. Malgré le peu de cigarettes que je fumais, je me sentais fatigué. Certes, d'autres pourraient mettre ma fatigue sur le compte du manque de sommeil, ou sur ma course matinale dans les escaliers (et dans un mur) ; mais moi, je la mets sur le compte des cigarettes. Si je parvenais à être « tout juste passable », la raison essentielle en était ma condition physique. Voilà qu'un arrêt de combat me laissait un répit providentiel. En ce temps-là, les matchs universitaires duraient neuf minutes ; à l'Institut d'Exeter, j'avais fait des matchs de six minutes. Or il y a un monde de différence entre une période de trois minutes et une de deux. À présent, les matchs universitaires sont réduits à sept minutes ; trois, deux, deux ; en lycée, public et privé, la durée n'a pas changé : six minutes, trois fois deux.

La chance me favorisa de nouveau : l'arbitre infligea un avertissement au lutteur de Cornell pour passivité. Le cas était douteux. Mais, avec une marque de quatre à trois, c'est-à-dire cinq à trois, je savais qu'une projection me suffirait à remonter, et même à gagner, pourvu que je le bloque assez longtemps pour lui reprendre son point. Si nous étions à égalité de points, je savais que l'avertissement de l'arbitre desservirait mon adversaire. Dans les règles de ce tournoi, il n'y avait pas de prolongation ni de mort subite. Un score égal nous vaudrait d'être départagés par l'arbitre. J'étais certain qu'alors l'avertissement donné à mon adversaire ferait pencher la balance en ma faveur.

Je ne me rappelle pas ma projection – était-ce la tirade de bras de Warnick ou le passage dessous de Johnson, ou bien encore une attaque sur une seule jambe en position basse qui était la meilleure prise que j'aie ramenée d'Exeter –, mais il restait moins de vingt secondes sur le cadran, et la marque était de cinq à quatre en ma faveur. Le point de blocage de mon adversaire allait compter ; je ne pouvais pas le lui reprendre en moins de vingt secondes ; si bien qu'on finirait cinq à cinq – pourvu que je tienne.

Il y eut un moment de lutte négative du genre

contre lequel Ted Seabrooke me mettait en garde ; heureusement pour moi, nous avions roulé hors du tapis. Lorsque l'arbitre nous ramena dans le cercle, il restait moins de quinze secondes ; il me suffisait d'immobiliser mon adversaire encore quinze secondes. C'est un exercice qu'on pratique à chaque séance d'entraînement dans toutes les salles de lutte d'Amérique. Parfois, on appelle ça des « explosions ». L'un des deux combattants tente de s'accrocher ; l'autre, de se libérer.

Je ne me rappelle pas comment mon adversaire parvint à s'échapper, mais le fait est qu'il se libéra promptement. Il ne me restait donc plus que cinq secondes pour tenter une amorce de projection. J'étais loin d'avoir achevé mon geste lorsque la fin du combat fut sonnée : je perdais cinq à six. Je n'eus pas le cœur d'aller suivre la finale pour voir le type de Cornell ; je ne sais pas s'il remporta le titre dans sa catégorie ; ou plutôt, comme je le dis si souvent, je ne m'en souviens pas. Tout ce que je sais, c'est que, s'il avait eu Sherman Moyer en face de lui, il n'aurait pas risqué de se dégager, même en quinze minutes !

Point par point, d'une attaque à l'autre, dans le feu de l'action, on ne sait jamais si l'espoir d'arriver en finale d'un tournoi se rapproche – jusqu'au moment où il s'évanouit.

J'appelai mes parents dans le Massachusetts, pour leur dire d'être à West Point de bonne heure le lendemain, car les séries de classement commenceraient tôt. Si je perdais le premier match de consolation, je serais éliminé, et je deviendrais simple spectateur de cette journée. Si je gagnais, je pourrais continuer à lutter, et même me classer troisième, en cas de victoires successives.

Mon adversaire suivant était un gars de l'armée – il avait ses supporters sur place, dans le public. Je revois tous ces cadets en gris, penchés au-dessus des tapis depuis la galerie de bois du gymnase ; j'entends encore leurs braillements. La « tasse » était plus grande que la fosse d'Exeter, mais l'effet visuel était le même, sauf que, là, c'étaient ses fans à lui. Je m'étais défendu de mon mieux dans le match contre le gars de Cornell. Mais que ce soit à cause de l'ambiance, ou parce que j'essayais d'impressionner mes parents en leur montrant tout ce que j'avais appris à Pittsburgh, le fait est que ce match-là ne correspondait pas à ce que Ted Seabrooke me recommandait ; ce ne fut qu'un long moment de lutte négative, et je savais depuis le début que je n'aurais pas ma chance dans ce cas de figure.

Pour ne pas m'accabler à l'excès, il faut dire que non seulement je perdis la première projection, mais je fus mis sur le dos et perdis trois points pour avoir frôlé la chute ; donc trois et deux, cinq points pour lui. Lorsque je le surpassai, j'étais encore derrière, cinq à deux, puis il me surpassa aussitôt, et je m'échappai de même. Lorsque je jetai un coup d'œil sur la marque pour la deuxième fois, nous étions sept à trois pour lui. Or il est impossible de ralentir le tempo d'un match quand on perd sept à trois ; c'est ainsi que je me retrouvai, sans rien y pouvoir, mis en danger. Je marquai à plusieurs reprises ; lui marquait après moi ; chaque fois que je regardais la marque, j'étais derrière, il n'y avait jamais plus de cinq points d'écart, mais jamais moins de trois. Les cadets braillaient, pas seulement parce que c'était un des leurs qui gagnait, mais parce que c'était le type de match qui plaît au public ; tous les publics aiment les mises en danger. Je ne me rappelle pas le score final ; peut-être quinze à onze, ou dix-sept à treize… Ted Seabrooke m'aurait dit – il me dit bel et bien d'ailleurs – que ce type de score serait toujours contre moi. Ce fut mon dernier match sous les couleurs de Pittsburgh, cette tenue que je portais depuis deux jours.

Si mes parents furent déçus, ou tout juste sceptiques devant ma contre-performance, ils eurent la gentillesse de n'en rien laisser paraître. Ma mère s'émut de ma maigreur. J'étais devenu bien plus robuste au cours de ma saison à Pittsburgh, mais j'étais plus mince qu'à Exeter. Contrairement à Larry Palmer, moi, j'avais fini ma croissance à quinze ans. Ma mère s'inquiétait de mon poids. C'est ainsi que je lui soutirai de l'argent, qui me permit, ainsi qu'à Caswell et Lee Hall, de manger sur tout le chemin du retour. Je crois que je m'abstins de raconter à mes parents notre course en taxi à cent dollars. Je suis sûr de ne pas leur avoir parlé de ma décision de quitter Pittsburgh : je ne savais pas encore où aller.

Je ne me rappelle même pas si Lee Hall remporta les championnats réservés aux première année de la côte Est, ou s'il perdit en finale ; mais ça ne lui aurait pas ressemblé de perdre ; je me rappelle seulement qu'un gars de LeHigh lui avait donné du fil à retordre – mais tout le monde sait que j'ai la mémoire qui flanche. Par exemple, j'ai oublié comment Caswell s'en tira ; je crois qu'au bout du compte il fit comme moi, gagna un ou deux matchs, en perdit un ou deux ; je sais qu'il n'alla pas jusqu'en finale, mais il prit peut-être une troisième place. Il était si agréable à vivre, si efficace, jamais un mot pour se plaindre, que je ne suis même plus sûr de son nom exact…

Ce que je n'oublierai jamais, c'est le moment où, de retour à Pittsburgh, je révélai à Rex Peery à quoi l'argent de poche était passé.

– Tu as pris un taxi, carrément ! ne cessait-il de répéter.

J'avais un tel respect pour lui que je n'osais pas lui dire pourquoi je quittais Pittsburgh – à savoir parce que l'idée d'être un suppléant m'était insupportable. Je me crus donc obligé de lui monter une histoire de petite amie laissée à Exeter, et qui me manquait. Je trouvais que cela faisait plus humain, donc plus pardonnable. De petite amie, je n'en avais pas, ni à Pittsburgh, ni « chez moi ».

Quant à mon ex-petite amie, elle était du Connecticut et passait l'année en Suisse. Et cette même année, à Pittsburgh, la seule écriture de fiction que je pus produire fut un journal. Je me figurais que j'allais le montrer à mon ex-petite amie et, ainsi, refaire sa conquête. Tout était inventé, dans ce journal. On ne peut pas dire que je passais une année si palpitante qu'elle me donnait envie d'en tenir registre. Mais, à mon insu, je venais de me lancer dans l'une des grandes tâches traditionnelles de l'écrivain, qui consiste à s'inventer soi-même. Avant d'être en mesure d'inventer autre chose, il me faudrait de la pratique.

Brève conversation dans l'Ohio

À Pittsburgh, si j'avais connu une déception quant à la lutte, l'humiliation que me réservait l'anglais première année fut plus profonde. Un assistant qui avait encore un peu moins de poil au menton que moi m'y octroya de justesse la mention passable, en me reprochant mon abus archaïque du point-virgule. Je l'appellerai désormais le Pr Passable-de-Justesse, et s'il me lit encore aujourd'hui, ce qui m'étonnerait, je n'ose imaginer ce qu'il pense de mes points-virgules : archaïques en 1962, ils doivent faire figure de fossiles à présent.

Mais je ne cessai ni d'écrire ni de lutter malgré ces revers. Je battis en retraite jusqu'à mon New Hampshire natal, mais ce ne fut pas nécessairement pour y lécher mes blessures. Malgré mes résultats peu brillants à Pittsburgh, l'université du New Hampshire était tenue de m'inscrire, puisque j'étais domicilié dans l'État. Ce fut donc là que je suivis mon premier cours d'écriture de fiction qui porte vraiment ce nom. Le professeur était un romancier du sud des États-Unis. Il s'appelait John Yount; c'était un homme agréable, plein de bonne humeur et de bienveillance; mes points-virgules ne lui tiraient pas le moindre battement de paupière.

Dans le même temps, je devins entraîneur en extra dans la salle de lutte d'Exeter et participai à des compétitions sans appartenir à une équipe chaque fois qu'il y avait des tournois « ouverts » en Nouvelle-Angleterre ou dans l'État de New York; l'université du New Hampshire n'avait pas d'équipe de lutte.

Le recrutement de ces tournois était hétéroclite : certains lycées y envoyaient les lutteurs les meilleurs et les plus mûrs de leur club; on trouvait aussi beaucoup de première année de faculté et des étudiants non sélectionnés; sans compter quelques éléments plus âgés, qui avaient déjà quitté l'université; parmi ces derniers, certains étaient très bons; c'étaient même les meilleurs du tournoi, et puis d'autres... d'autres étaient carrément trop vieux ou pas en condition. Ma forme à moi était tout juste passable, et non plus olympique comme à Pittsburgh; mais enfin, on n'était plus à Pittsburgh.

Sans être attaché à aucune équipe, je participais aux tournois sous les couleurs d'Exeter, avec la bénédiction de Ted Seabrooke. Pour les projections, j'avais un certain succès avec la tirade de bras de Warnick et le passage dessous de Johnson, sans oublier ma propre attaque sur jambe seule. Quand j'étais défenseur, debout, en position neutre, j'étais assez bon au balayage. Sherman Moyer m'avait montré l'intérêt du contrôle de main : en position supérieure, je ne laissais pas l'adversaire s'échapper facilement, mais je n'étais pas doué pour les tombés. En position dessous, j'étais difficile à immobiliser – même si Moyer avait pu rester sur moi jusqu'au gong.

Au lieu de chercher à perdre du poids, je me mis à soulever des poids, car, à défaut de rester dans la catégorie des moins de cinquante-sept, je pouvais aussi devenir assez costaud pour lutter dans les moins de soixante-deux. Dans les tournois « ouverts », les catégories de poids variaient selon que l'on pratiquait la lutte gréco-romaine ou la lutte « collège » ; parfois, je me retrouvais donc dans les moins de soixante-deux, d'autres fois dans les moins de soixante-huit. Un nouveau facteur vint s'ajouter à ma prise de poids : la bière ; j'avais eu vingt et un ans au milieu de la saison 1963 ; c'est à peu près à ce moment-là que je cessai de fumer – pour me mettre à la bière.

Les écrivains et apprentis-écrivains de l'université du New Hampshire fumaient et buvaient, tous tant qu'ils étaient, ce qui ne surprendra personne. En revanche, ils trouvaient très atypique que je fasse tous les jours la navette entre Durham et Exeter pour aller m'entraîner à la lutte, et que je passe mes weekends à me balader d'un tournoi à l'autre ; je les comprenais – mais commençai à soupçonner que mes amis lutteurs et mes amis écrivains feraient rarement bon ménage. Pendant quelque temps, j'en arrivai même à me demander si je ne devrais pas renoncer au mélange à titre personnel : j'étais convaincu de pouvoir devenir écrivain ou lutteur, mais pas les deux à la fois.

En mars 1963, je me rendis avec Ted Seabrooke à Kent State University, dans l'Ohio, pour voir le tournoi de NCAA. Depuis les tribunes, je pus suivre mes anciens camarades d'équipe de Pittsburgh en train de devenir des All Americans : Jim Harrison gagna le championnat, Mike Johnson perdit en finale, Timothy Gay se classa cinquième et Kenneth Barr sixième. Selon moi, ce tournoi de NCAA est l'événement le plus dur pour les lutteurs ; physiquement et mentalement, il est plus exigeant que les jeux Olympiques ; tout d'abord, bien sûr, à cause de la pression que s'imposent les lutteurs universitaires pour devenir All Americans, mais aussi parce que les adversaires sont de force rigoureusement égale dans bien des cas. Au championnat de 1995, il y avait six titres à remettre en jeu ; deux de leurs tenants réussirent à les garder, et, sur dix catégories de poids, seuls quatre des sélectionnés en numéro un finirent effectivement premiers.

Un an après mon départ de Pittsburgh, je pouvais évaluer combien j'étais loin de ces lutteurs de top niveau. Cela me déprima ; j'avais vingt et un ans et le sentiment d'avoir échoué dans le seul domaine où j'aie jamais valu quelque chose. C'était même pire qu'un échec, puisque j'avais laissé tomber. Sur le chemin du retour, Ted me dit qu'il avait parlé à Rex Peery, mon ancien entraîneur de Pittsburgh. Rex avait eu des mots gentils pour moi, comme toujours ; il avait exprimé le vœu que j'aie résolu mon « problème de petite amie ».

– C'est quoi, ce problème de petite amie ? me demanda Ted Seabrooke.

Je dus lui avouer que j'avais menti à Rex sur mes raisons de quitter Pittsburgh. Mike Johnson venait de finir deuxième lutteur national ; moi, j'avais quitté l'équipe parce que je ne pouvais pas accepter la perspective d'être son partenaire d'entraînement pendant quatre ans. Mentir à Rex, c'était bien plus infamant que d'être le faire-valoir de Mike. Et voilà que je m'étais inventé une petite amie (c'est tout ce que j'avais trouvé !).

– Johnny, Johnny, me dit Ted Seabrooke (nous étions côte à côte devant un urinoir, dans l'Ohio), c'est pas parce que tu es pas le meilleur qu'il faut abandonner la lutte. Ça t'empêche pas de continuer. Et puis, tu aimeras toujours ça ; c'est plus fort que toi.

Mais, à l'époque, je ne savais pas qu'il avait raison. En moi, il n'y avait la place d'aimer et de pratiquer que les disciplines où je pensais pouvoir être le meilleur, et John Yount m'avait dit que j'avais l'étoffe d'un écrivain.

– Eh bien alors, fonce ! me dit Ted Seabrooke.

C'est lui qui eut l'idée de me faire quitter le New Hampshire ; selon lui, si je restais sur place, j'irais tout de même traîner mes guêtres dans la salle de lutte de mon ancienne école, et puisque j'avais décidé d'arrêter, autant arrêter tout à fait. Il me fallait partir, partir très loin. Certes, Pittsburgh, c'était loin, mais pas assez.

Un an à l'étranger

Ce fut donc avec les encouragements de John Yount que je demandai une bourse d'études d'un an à l'étranger. L'Institut d'études européennes de Vienne retint ma candidature, et je partis en Europe, pour la première fois, « dans la peau » d'un écrivain.

Je suivis douze heures de cours d'allemand intensif par semaine ; mais, à ce jour, je ne le parle encore que d'une manière hésitante. Je le comprends à peine lorsqu'on me parle ; le lire ne sert qu'à me rappeler ma dyslexie – tous ces verbes à l'affût en fin de phrase, et qu'il faut rattacher à leur proposition d'origine…

À l'Institut d'études européennes, mon cours favori était celui d'un Anglais nommé Edward Mowatt ; j'y étudiai – peut-être pas dans cet ordre – Ludwig Josef Johann Wittgenstein et la philosophie morale grecque. Avec *Herr Doktor* Felix Korninger, de l'université de Vienne, j'étudiai les romanciers victoriens. Le Pr Korninger était un Autrichien qui avait enseigné à l'université du Texas. Il parlait anglais avec un rare accent austro-texan ; dans sa voix s'entendaient les inflexions de Lyndon Baines Johnson et celles d'Arnold Schwartzenegger…

À Vienne, je m'installai sur la Schwindgasse, tout près de la salle de lecture polonaise, et partageai mon appartement avec un autre Américain nommé Eric Ross.

Eric venait de Chicago, il était grand et athlétique, avec des cheveux bouclés, blonds comme les blés. Il fallait le voir sur une paire de skis : l'image même de la perfection aryenne. Bien entendu, il était juif, et très au fait de l'antisémitisme polymorphe et insidieux qui régnait en Autriche. Moi qui ne savais rien des antisémites, j'en apprenais tous les jours. Je suis petit et brun, mon nom de famille est Irving, un nom écossais, mais assez répandu comme prénom chez les juifs pour que plusieurs antisémites viennois s'y trompent. (C'est à peu près aussi astucieux que de croire que John Milton était juif parce que Milton Friedman l'est, mais, comme Eric Ross me le fit observer avec sagacité, si les antisémites étaient rusés, ça se saurait.) Eric et moi, nous avions mis au point un petit système pour les démasquer. Chaque fois que j'étais snobé ou ignoré par un serveur, un boutiquier ou un étudiant de l'université de Vienne, il suffisait qu'apparaisse une ombre d'antisémitisme – moi, personnellement, je ne m'en rendais même pas compte, vu la qualité de mon allemand – pour qu'Eric, qui le parlait bien mieux, me signalât aussitôt l'insulte.

– Voilà qu'on te traite encore comme un juif, me disait-il.

Sur quoi, désignant Eric du doigt, je lançais à l'odieux antisémite ma réplique bien rodée :

– *Er ist der Jude, du Idiot!* (« C'est lui, le juif, espèce d'idiot ! »)

Il fallait toujours qu'Eric rectifie ma prononciation ; n'empêche qu'en principe le message passait. Non seulement les brimades de ce genre étaient détestables, mais encore ceux qui s'y adonnaient avaient la bêtise de croire qu'ils savaient reconnaître les juifs.

Eric et moi sommes allés à Istanbul ensemble, et à Athènes ; souvent nous partions skier – à Kaprun. Mais si nous avons l'un comme l'autre adoré nous trouver tout seuls en Europe – quelle expérience ! –, nous n'avons pas aimé et n'aimons toujours pas Vienne. C'est une petite ville ; son antisémitisme notoire n'est qu'un aspect parmi d'autres de son provincialisme mesquin, où règnent une xénophobie généralisée, une défiance qui peut aller jusqu'à la haine de tous les éléments extérieurs. *« Das geht bei uns nicht »,* disent les Autrichiens. « Cela ne s'accorde pas avec nous. » Le mot *Ausländer,* étranger, y est toujours péjoratif. Quant à la *Gemütlichkeit* viennoise, c'est une attraction touristique, la fausse gentillesse d'un peuple fondamentalement *unhöflich.*

La dernière fois que je me suis trouvé à Vienne, c'était pour assurer la promotion d'*Une prière pour Owen* qu'on venait de traduire en allemand, et je me suis mis les médias à dos en tenant ce genre de propos. Je tombais au moment où les révélations sur le rôle qu'avait joué Kurt Waldheim dans la Seconde Guerre mondiale semblaient avoir accru plutôt qu'amoindri sa popularité. J'en fis la remarque. Je doute que je retournerai à Vienne un jour.

Lorsque j'y étais étudiant, l'appartement qu'avait occupé Freud au 19 de Berggasse, ainsi que son bureau, n'étaient pas encore ouverts au public. Il fallut les efforts tenaces de sa fille pour finir par obliger le gouvernement autrichien à laisser au modeste *Wohnung* du 19 Berggasse la place qui lui revient : celle du très émouvant musée d'une vie intellectuelle interrompue par la doctrine nazie.

Freud n'avait pas tort de voir en Schnitzler un « confrère » dans l'étude de « cette érotique méconnue et tant décriée ». Lorsque j'étais étudiant, l'érotique en question était sans doute la source de ma prédilection pour Schnitzler, qui la plaçait souvent en regard de l'ordre social oppressant mais en lente mutation de la Vienne fin-de-siècle. *Vienne au crépuscule,* écrit en 1908, baigne dans cette atmosphère de répression sexuelle qu'Eric et moi allions trouver à Vienne plus d'un demi-siècle plus tard.

Il n'est que d'observer le jeune baron Georges von Wergerthin :

« Il était assis près de la fenêtre et regardait au-dehors le parc passablement désert. Une vieille femme portant une mantille démodée, avec un collier de perles noires, était assise sur un banc. Une bonne passa, tenant par la main un garçonnet, tandis qu'un autre, tout petit, en uniforme de hussard, sabre au côté, pistolet à la ceinture, les précédait en courant ; il regardait fièrement autour de lui et salua un invalide qui passait en fumant sa pipe. Plus au fond du jardin, des gens étaient installés autour du kiosque, buvaient un café ou lisaient des journaux. Le feuillage était encore assez épais, et le parc, dans la lourdeur de l'air et la poussière, prenait un aspect beaucoup plus estival qu'il n'est normal dans les derniers jours de septembre[1]. »

Deux pages plus loin, le jeune Georges se prend à penser à « la soirée costumée chez les Ehrenberg » et au « baiser rapide de Sissy sous la dentelle noire de son masque ».

Certes, le petit bonhomme en uniforme de hussard n'était plus dans Stadtpark lorsque Eric et moi arrivâmes à Vienne, mais, pour l'essentiel, l'atmosphère oppressante n'avait guère changé. Le soir, notre logeuse éteignait le chauffage, et les cafés fréquentés par les étudiants étaient trop bruyants, si bien qu'Eric et moi sortions travailler dans un bar où les

1. Pour cet extrait du roman ainsi que les suivants, nous citons la traduction française de Robert Dumont, chez Stock *(NdT)*.

prostituées attendaient le client à l'abri du froid. Les étudiants viennois étaient trop convenables pour se montrer dans des bars à prostituées – à l'exception d'un ou deux, financièrement à l'aise, qui faisaient une apparition au comptoir pour en choisir une. (Ces derniers étaient toujours gênés que nous les ayons vus.) Quant aux prostituées, elles comprenaient au premier coup d'œil qu'Eric et moi n'avions pas les moyens de nous offrir leurs faveurs. Parfois, il y en avait une plus mûre, dans les âges de ma mère, qui m'aidait à faire mes devoirs d'allemand.

Si le baron von Wergenthin avait d'emblée attiré mon attention, dans le roman, c'était peut-être parce qu'il ne cessait de fantasmer sur les femmes, et que ses relations réelles avec elles étaient problématiques. D'autre part, cet aristocrate chrétien avait pour grands amis des intellectuels juifs en une période de montée de l'antisémitisme. À notre arrivée à Vienne, l'antisémitisme avait cessé de monter ; il s'était bel et bien imposé, intraitable, et ses manifestations étaient beaucoup plus vulgaires que celles que l'on trouve chez Schnitzler.

Ainsi la rencontre entre Georges et Willy Eissler près de Stadtpark. La façon dont Willy défend sa judaïté crée un malaise vague. Il dit : « Le fait que j'aie eu un jour un différend avec le capitaine Ladisc ne peut m'empêcher de déclarer en toute loyauté qu'il a toujours été un cochon d'ivrogne. Il faut dire que j'ai une antipathie insurmontable, que même le sang ne peut laver, envers les gens qui se gavent chez les juifs et commencent déjà à déblatérer contre eux dans l'escalier. On attend au moins d'être au café. »

Par la suite, le baron von Wergenthin trouvait « presque étrange que Willy fût juif. Déjà son père, qui composait d'aimables valses viennoises et des *lieder*, connaisseur éclairé d'art ancien, collectionnait les antiquités et en faisait parfois commerce, et qui, en son temps, avait passé pour le plus célèbre boxeur de Vienne, avait plutôt l'allure, avec sa longue barbe grise et son monocle, d'un magnat hongrois que d'un patriarche juif. De même, des dispositions naturelles, un certain amateurisme uni à une volonté de fer faisaient de Willy à s'y méprendre le modèle d'un gentleman-né. Ce qui le distinguait pourtant des autres jeunes gens de sa race partageant la même ambition était son habitude de ne jamais renier son ascendance et d'exiger des explications ou de demander raison devant tout sourire équivoque, et de se moquer lui-même de tous les préjugés et des manifestations de vanité à quoi il semblait parfois enclin ».

Lorsque Eric et moi arrivâmes à Vienne, l'antisémitisme s'y administrait depuis longtemps à des doses beaucoup plus massives qu'un sourire ambigu ; il avait dégénéré, tourné au banditisme le plus vil : impossible de le prendre à la légère. Si l'on apercevait parfois des skinheads avec des svastikas à l'oreille, on ne peut pas dire qu'ils étaient monnaie courante ; monnaie courante, en revanche, les citoyens timorés qui détournaient le regard en les voyant, pour faire semblant de rien. Eric et moi, jeunes Américains idéalistes, ne pouvions rien faire de plus que de tendre un miroir à cette inexplicable tolérance de l'intolérance. Aujourd'hui encore, plus de trente ans après, c'est un sujet de conversation qu'il nous arrive souvent d'aborder : l'intolérance, mais surtout, la tolérance de l'intolérance, qui permet à l'intolérance de perdurer.

Eric Ross s'est lancé dans la publicité à Chicago, puis il s'est installé à Crested Butte, dans le Colorado, où il a été pendant des années moniteur de ski-sauveteur et folk-singer. Il y anime aussi avec une fougue infatigable le théâtre, où il est à la fois acteur et metteur en scène ; et puis il s'est remis à rédiger des petites annonces, lorsqu'il ne m'écrit pas, car c'est un correspondant des plus fidèles. Nous tâchons de nous voir tous les ans, avec notre meilleur ami commun, David Warren. David est d'Ithaca, dans l'État de New York – nous ne nous quittions jamais tous les trois, à Vienne, et c'était lui le meilleur élève.

Quant à la plus belle moto, elle appartenait à Eric, et c'était une allemande, une Horex. Elle n'avait qu'un défaut, elle avait perdu sa béquille, que, pour des raisons qui lui appartenaient, Eric ne remplaçait pas, de sorte qu'elle tombait sans arrêt. Venait ensuite ma propre moto, une Jawa, yougoslave, ou peut-être bien tchèque. David, lui, pilotait une effroyable Triumph qui le laissait tout le temps en plan – de préférence sur l'autoroute.

Et moi, sans raison particulière, sinon que j'avais quitté mon New Hampshire pour partir très loin, je me mis à écrire. Je le dois à Ted Seabrooke et à John Yount.

Ce fut aussi John Yount qui m'encouragea à rester en Europe, un peu plus tard dans l'année, lorsque j'éprouvai le mal du pays.

Ce qui me manquait, entre autres, c'était la lutte, et ma petite amie, Shyla Leary, qui allait devenir ma première femme. Je l'avais rencontrée à Cambridge, l'été 1963, juste avant de partir pour Vienne ; je prenais des cours d'allemand intensifs à l'université d'été de Harvard. C'est peut-être idiot, mais j'ai tendance à penser qu'on rencontre souvent les gens qui vont compter dans la vie juste avant de partir quelque part. Un an plus tard, l'été 1964, je l'épousais – mais en Grèce.

– Restez encore un peu en Europe, m'écrivit Mr. Yount, la mélancolie fait du bien à l'âme.

Le conseil était bel et bon, sans doute, et il allait au-delà de ce qu'on attend de son professeur d'écriture de fiction. Je vois aujourd'hui que John fut, sinon mon tout premier mentor, du moins le premier écrivain que je considérai comme un mentor. Il changea ma vie – pour une bonne part en me disant que tout autre métier que l'écriture me laisserait insatisfait. Pour autant, je ne suivis pas son conseil ; je ne restai pas en Europe.

J'avais essayé une langue étrangère, je ne m'y étais pas senti à l'aise. L'anglais était ma seule langue et, en tant qu'écrivain, j'entendais bien en vivre. En outre, lorsque Shyla et moi revînmes à Vienne après notre voyage en Grèce, elle était déjà enceinte de Colin. Je voulais être père, mais dans mon pays.

1988. L'entraîneur Irving parle à son équipe de l'Institut du Vermont avant une rencontre triangulaire contre Exeter et Andover – dix ans après la publication du *Monde selon Garp*. Irving a commencé la lutte en 1956, à l'âge de quatorze ans ; il a disputé son dernier tournoi à trente-quatre ans. Il est devenu arbitre officiel en 1965, à l'âge de vingt-trois ans, et est demeuré entraîneur jusqu'en 1989, à quarante-sept ans. (Photo Steve Irving.)

L'équipe de lutte de la Phillips Exeter Academy, en 1961. Au premier rang, au centre, son capitaine, John Irving ; ses partenaires d'entraînement sont le plus souvent Mike McClave (deuxième rang, deuxième en partant de la droite) et Al Keck (premier rang, deuxième en partant de la gauche). Assis à la droite de John Irving, on voit Larry Palmer, qui avait mangé le fameux toast d'une demi-livre. Le monsieur en veste et cravate est l'entraîneur Ted Seabrooke. (Photo 61 PEAN.)

John Irving en 1961. Il pèse 60 kg. Malgré deux saisons de matchs amicaux sans une seule défaite, il ne remportera jamais de titre en championnats de Nouvelle-Angleterre. (Photo 61 PEAN.)

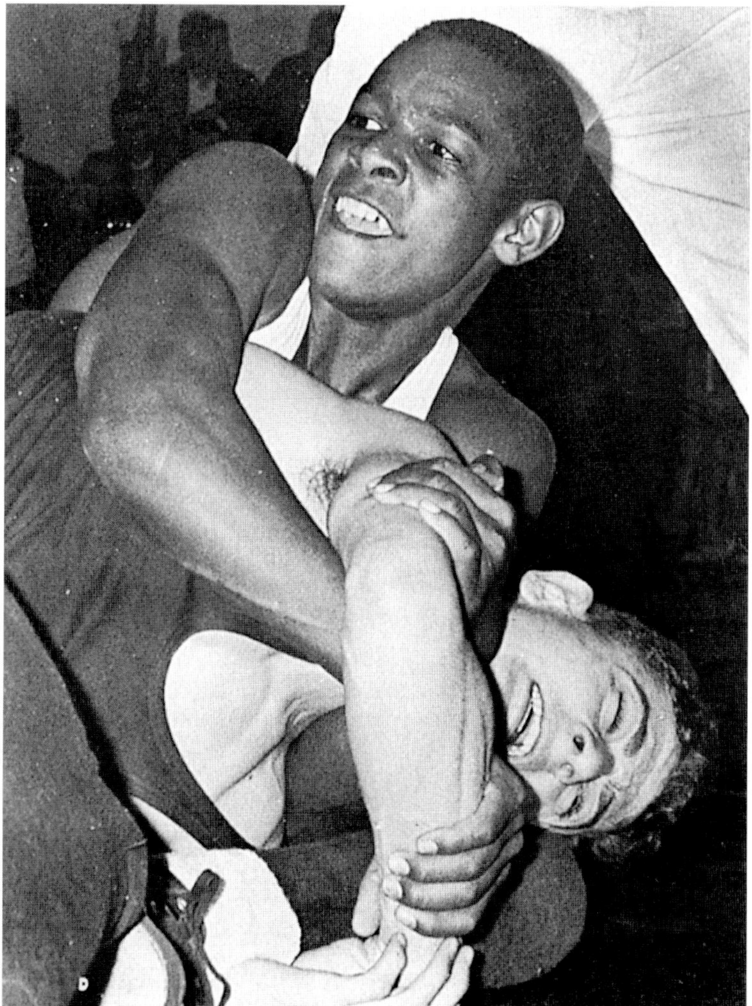

Larry Palmer (en haut) en 1961. Il ne parvient pas à se maintenir dans sa catégorie, les moins de 57 kg, cette année-là, aux tournois inter-facs. L'année suivante, avec 15 cm et 12 kg de plus, il remporte le championnat de Nouvelle-Angleterre en première division. Il est aujourd'hui professeur de droit à la faculté de Cornell. (Photo 61 PEAN.)

Ted Seabrooke entraîne Al Keck, catégorie des moins de 62 kg, en 1961. On voit les supporters répandus sur les rambardes des gradins de la piste de bois, au-dessus de la « fosse », à Exeter. (Photo 61 PEAN.)

Cliff Gallagher, à soixante-neuf ans. Cet ancien lutteur, dans les moins de 68 kg, à l'École militaire navale de l'Oklahoma (il fut aussi demi-défensif à l'université du Kansas), n'a jamais perdu un combat. En tant qu'entraîneur, Cliff enseignait toutes les prises, tous les contrôles qu'il connaissait – réguliers ou non. (Photos Bradford F. Herzog.)

Ci-contre : Gallagher entraîneur, dans la salle de lutte d'Exeter, en 1965. L'entraînement n'est sans doute pas encore commencé ; on voit la porte de la salle entrouverte, et il n'y a presque personne sur le tapis ; Cliff arrivait toujours en avance. Le jeune homme sur le tapis doit être un première année ; il ne porte pas de chaussures de lutte. (Photo Bradford F. Herzog.)

Salle de lutte de l'université de l'Iowa, 1973. Dan Gable fait un balayage de jambes à John Irving. (Photo Gary Winograd.)

Colin Irving, le fils de John, en 1983. Représentant de la Northfield Mount Hermon Academy aux tournois All Americans pour la catégorie des moins de 68 kg, il sera aussi le champion de Nouvelle-Angleterre en première division pour les moins de 74 kg cette même année.

Colin Irving achève une ceinture en souplesse au cours de la finale de première division. L'arbitre et le juge de tapis (au fond à gauche) voient venir le tombé. (Photo CFNI.)

Colin Irving fait toucher le tapis aux épaules de son adversaire, en finale des moins de 74 kg. (Photo CFNI.)

Championnats de Nouvelle-Angleterre, première division, 1983. Le contrôle régulier, tête entourée avec un bras ; en l'occurrence, Colin Irving serre la tête et les deux bras de son adversaire. Lors de la finale, son tombé en première période, à 1 min 45 s du début, lui vaudra le trophée Ted Seabrooke du lutteur d'exception. (Photo CFNI.)

Brendan Irving (à droite) est un poids moyen ; grand pour son poids, il a souvent des accidents : chirurgie du genou en 1987 ; il se blesse de nouveau en 1988 ; en 1989, épaule démise, déchirure du rotateur ; une dent de devant cassée ; deux doigts fracturés à la main droite. Mononucléose – et un titre en championnat. (Photo Steve Irving.)

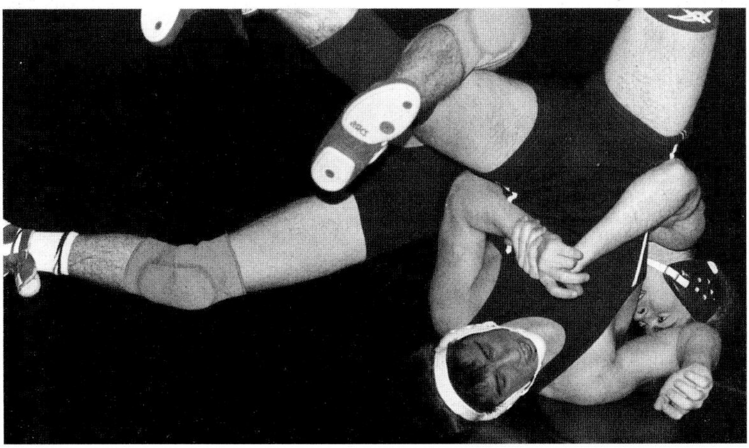

Brendan, casque noir, va vers le tombé : entre 1984 et 1989, il a remporté plus de 90 % de ses matchs par tombé ; en 1989, il a été capitaine de l'équipe de l'Institut du Vermont. (Photo Janet Irving.)

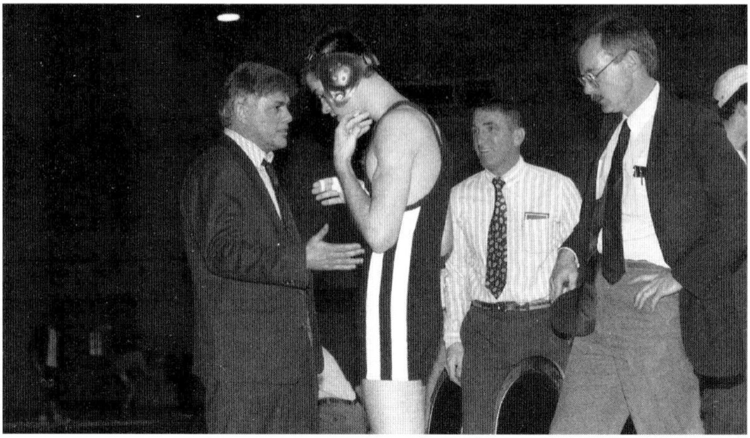

1989. Tournoi de première division en Nouvelle-Angleterre. Avant les quarts de finale, l'entraîneur Irving ne serre pas la main de son fils Brendan, car ce dernier a deux doigts fracturés. Au bout, à droite, on reconnaît Mike Kennelly, co-entraîneur de John. Derrière Brendan, Chuck Krulak, l'ami et ancien coéquipier d'Irving à Exeter.

Les demi-finales du tournoi de Nouvelle-Angleterre en 1989 : Brendan Irving, sélectionné en cinquième position, met le numéro un épaules au tapis en troisième période, 4 min 40 s après le début. Dans ce tournoi de première division, il a vaincu tous ses adversaires par tombé. (Photo Janet Irving.)

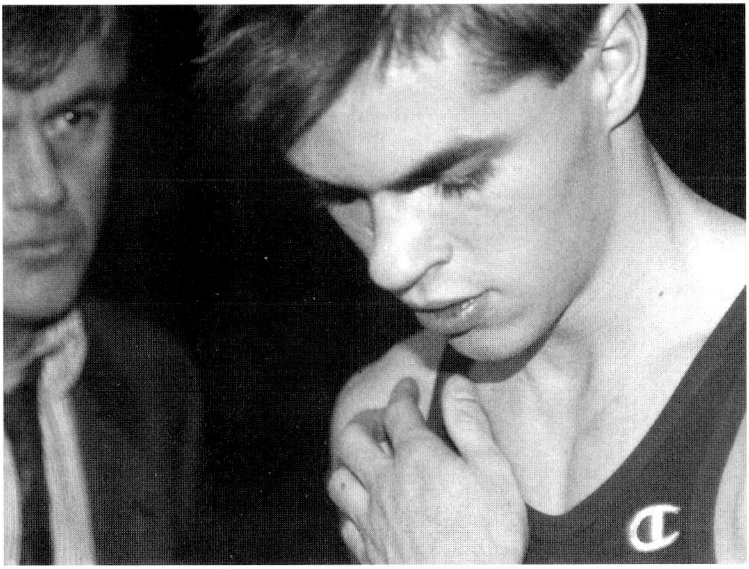

Avant la finale de première division, Brendan plonge dans la glace ses doigts à nouveau fracturés lors des demi-finales. (Photo Janet Irving.)

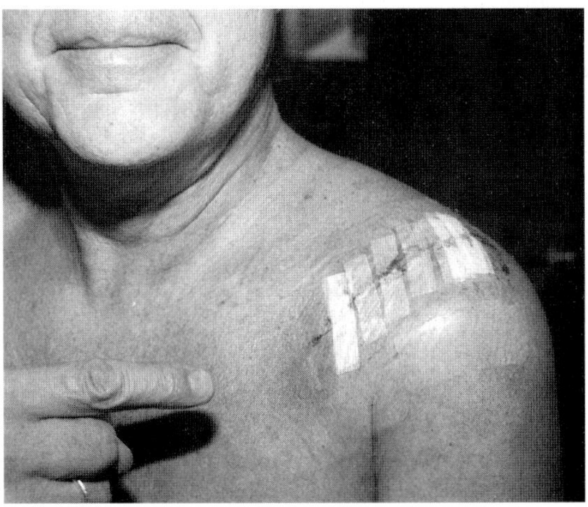

Noël 1994.
John Irving, après son opération chirurgicale à l'épaule, avant que les points de suture ne soient enlevés.
(Photo Janet Irving.)

1989. Championnat de Nouvelle-Angleterre, première division. L'entraîneur, John Irving, serre dans ses bras son fils Brendan quelques secondes après que celui-ci a remporté le championnat pour la catégorie des moins de 62 kg ; il a été vainqueur par tombé à 4 min 52 s de la troisième période. (Photographe inconnu.)

Été 1990. Irving et sa femme Janet, qui est aussi son agent littéraire, à Sagaponack, dans l'État de New York. (Photo Mary Ellen Mark.)

Été 1983. Père et fils – John et Colin – à Water Mill, dans l'État de New York. (Photo Mary Ellen Mark.)

Été 1985. Père et fils – John et Brendan – à Sagaponack, dans l'État de New York. L'année suivante, Brendan luttait dans la catégorie des moins de 62 kg ; en 1987, lorsqu'il commença à lutter en première division de Nouvelle-Angleterre, il avait déjà remporté six tournois en collège. (Photo Mary Ellen Mark.)

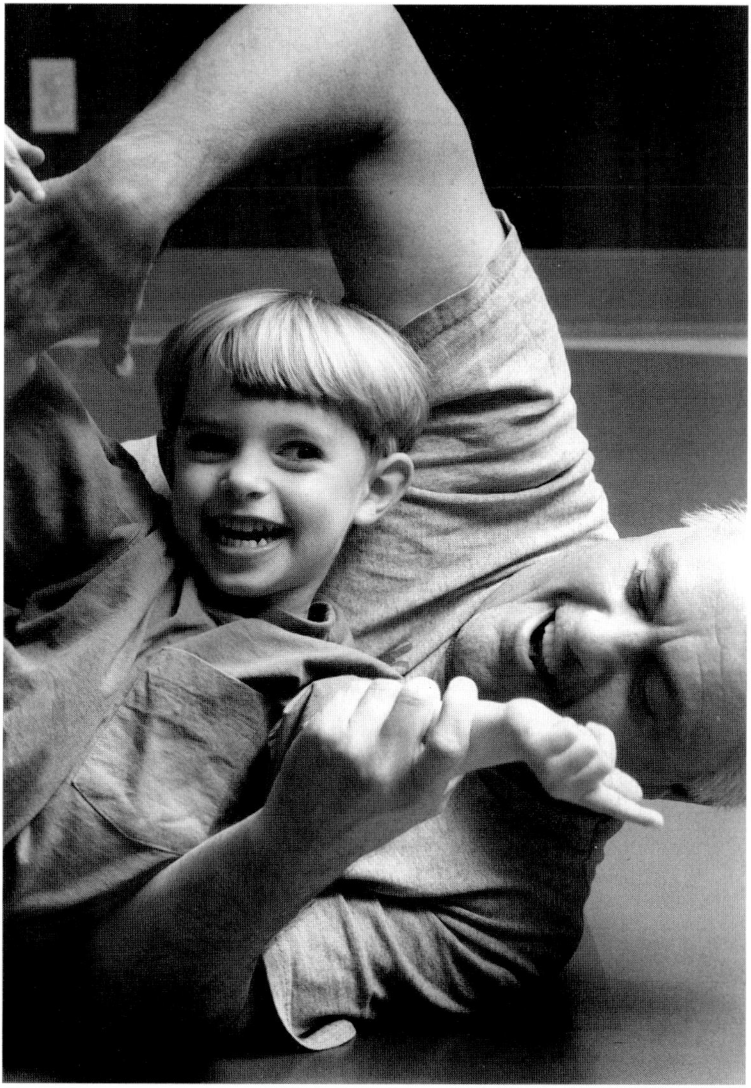

Printemps 1995. Son épaule remise, Irving lutte avec son fils Everett, trois ans et demi. (Photo Cook Neilson.)

Avec ses 14 kg, Everett promet d'être un futur poids moyen. (Photo Cook Neilson.)

Été 1984. Les deux frères, Colin et Brendan, à Bridgehampton, État de New York. Colin, à dix-neuf ans, est au maximum de son poids, avec ses 88 kg. Brendan a quatorze ans et il pèse 46 kg. (Photo Mary Ellen Mark.)

Pas de Vietnam ; plus de motos

À mon retour aux États-Unis et à l'université du New Hampshire, ce fut un autre écrivain, Thomas Williams, qui me prit sous son aile. Il fut bien plus qu'un professeur pour moi ; sa femme Liz allait être marraine de mon premier enfant ; quant à lui, jusqu'à sa mort, il me fut plus que tout autre un critique passionné et sans concessions. Il m'avait toujours reproché mon goût pour l'imitation et, en particulier, pour imiter les voix narratives de nombreux auteurs du dix-neuvième siècle. Il n'était pas rare qu'il écrive dans la marge de mes manuscrits : « Qui imitez-vous, cette fois-ci ? » Mais il avait pour moi une affection sincère, et moi pour lui ; sa loyauté à mon égard, lorsque d'autres critiques m'attaquaient, était indéfectible. C'était un vrai ami, et c'est sur la solidité de sa réputation et de sa recommandation que je reçus une bourse d'étudiant-assistant à l'université de l'Iowa, pour y participer à l'Atelier d'écriture – marié, comme je l'étais, et père d'un enfant, je n'aurais jamais pu m'offrir l'inscription autrement. Et c'est aussi l'agent de Tom qui vendit ma première nouvelle à *Redbook,* pour la somme pharamineuse – à l'époque – de mille dollars. Cela se passait avant que je quitte l'université du New Hampshire et me valut d'être cordialement détesté par mes camarades. Mais je partais pour l'Iowa, je m'en fichais pas mal.

Cette dernière année dans le New Hampshire fut un tournant pour moi. Non seulement je devenais père, écrivain, je publiais, mais la naissance de Colin me valut le statut militaire 3A – marié, avec enfant –, ce qui me dispensait à jamais du dilemme qu'auraient les garçons de ma génération : partir ou ne pas partir au Vietnam ; la question ne se posait pas pour moi. Mais si Colin m'épargnait le Vietnam, ma condition d'homme marié, de père, et mon retour à la lutte me tinrent à l'écart des deux expériences les plus séduisantes qui aient marqué les années soixante : le sexe et la drogue. Moi, j'avais femme et enfant, j'étais un sportif et, depuis peu, un écrivain.

J'avais tout juste vingt-trois ans lorsque Colin est né. C'était la fin du mois de mars, ce qui ne veut pas dire le printemps dans le New Hampshire. Je me souviens d'être rentré de l'hôpital en moto. Un ami y avait conduit Shyla en voiture, car moi j'étais en cours, chez Tom Williams, justement. Je me rappelle avoir fait attention aux plaques de verglas et de neige encore bien visibles sur les routes ; je rentrai très lentement, mis la motocyclette au garage et ne remontai jamais dessus ; je la vendis l'été même. C'était une Royal Enfield 750, noire, avec des chromes, et un réservoir personnalisé rouge tomate, en goutte d'eau. Elle ne me manqua jamais ; j'étais père de famille : les pères de famille, ça ne fait pas de moto.

La nuit où Colin est né, George Bennett est mort, dans le même hôpital. J'ai dit qu'il était mon premier critique, le premier à m'avoir encouragé ; il était bel et bien mon premier lecteur. Je me rappelle avoir fait la navette, dans cet hôpital, entre Shyla, Colin et lui. Durant toutes ces années où j'avais grandi à Exeter, surtout avant d'entrer à l'Institut, le fils de George avait été mon meilleur ami (j'ai dédié mon premier roman à sa mémoire, ainsi qu'à sa veuve et à son fils).

C'est George Bennett qui m'avait emmené voir mon premier film de Bergman, *Le Septième Sceau*. Cela pouvait se passer en 1958 ou 1959. Le film était presque nouveau, puisqu'il était sorti en 1957 aux États-Unis. On ne trouvera donc pas très bizarre que, lorsque la mort vint chercher George, je me la sois représentée sous les traits de l'impitoyable joueur d'échecs vêtu d'une robe noire (ce personnage joué par Bengt Ekerot) qui bat le chevalier (incarné par Max von Sydow) et vient réclamer la vie de sa femme ainsi que celle de son écuyer.

J'ai lu depuis quelque part que *Le Septième Sceau* est une fantaisie moyenâgeuse. Voilà quelque chose qui m'échappe... moyenâgeuse, passe encore, quoique l'œuvre de Bergman en général me paraisse intemporelle. Mais « fantaisie » ? La Mort prend le chevalier et laisse vivre les siens, qui sont jeunes. C'est bien ce qui m'est arrivé, à moi. Au moment où Colin, mon fils, naissait, George me quittait.

En 1982, lorsque Ingmar Bergman cessa de faire du cinéma, avec *Fanny et Alexandre,* ses extraordinaires mémoires d'enfance, je le ressentis comme une perte de plus. Il était le seul grand romancier à faire des films. Mon intérêt pour le cinéma, qui n'a jamais été immense, s'est amenuisé depuis sa retraite. J'espère qu'il est heureux au théâtre, M. Bergman, puisqu'il continue d'y faire de la mise en scène, mais j'ai du mal à me le représenter. Il faut dire que le théâtre non plus ne m'a jamais passionné.

Histoire de zèbre

Dès mon retour d'Europe, Ted Seabrooke m'accueillit à bras ouverts dans la salle de lutte d'Exeter, mais quelque chose avait changé en moi. J'étais si heureux de m'être remis à la lutte que mon niveau par rapport aux autres m'était égal. Je ne participais à aucun tournoi. Je m'entraînais tous les jours, et d'arrache-pied ; j'entraînais les jeunes d'Exeter, et la qualité de leurs performances m'importait beaucoup plus que la mienne. Je reçus ma licence pour arbitrer – moi qui n'avais jamais porté les arbitres dans mon cœur jusque-là !

Cet hiver 1965, il y avait un autre entraîneur dans la salle d'Exeter. C'était un ancien lieutenant-colonel de l'armée de l'air. Il s'appelait Cliff Gallagher et était le frère du célèbre Ed Gallagher, entraîneur de lutte lui aussi, sous l'égide duquel l'université de l'Oklahoma avait remporté onze titres par équipe entre 1928 et 1940. Né dans le Kansas, Cliff avait lutté à l'École militaire de l'Oklahoma, et il n'avait jamais perdu un seul match. À l'université du Kansas, il avait joué demi-défensif dans l'équipe de football en championnat All Americans, détenu le record du cinquante mètres haies et obtenu son doctorat en médecine vétérinaire (qu'il n'exerça jamais) l'année 1921. Cliff Gallagher était un arbitre officiel, lui aussi. Il nous arriva souvent d'arbitrer des tournois ensemble.

En tant qu'entraîneur, il n'était pas sans danger : il apprenait aux jeunes d'Exeter un grand nombre de prises illégales depuis des années – certaines clés, le contrôle de poignet japonais, divers étranglements et autres prises qui dataient d'une époque où il n'était pas interdit de contraindre tout doucement son adversaire à se coucher sur le dos en lui faisant mal ou en menaçant de l'asphyxier, au lieu de le soulever. Ted m'expliqua qu'il n'avait jamais empêché Cliff de faire voir ces prises aux jeunes ; simplement, en un point de la démonstration de Cliff, il prenait le temps de leur dire, posément : « Celle-là, non. » Les jeunes, comme de juste, ne demandaient pas mieux que d'apprendre quelque chose de nouveau, et il faut dire que Cliff connaissait des tas de prises que je n'avais jamais vues ; parmi lesquelles certaines que Ted non plus n'avait jamais vues.

Cette année-là, dans la salle de lutte d'Exeter, nous étions sur la brèche en permanence. Il y avait toujours un jeune en train de dévisser la tête de son adversaire, il nous fallait bondir pour empêcher l'irrémédiable. Nous demandions alors immanquablement :

– C'est Cliff qui t'a appris ça ?

– Oui, m'sieur. Je crois que ça s'appelle la clef bulgare.

Bulgare ou pas, Ted et moi, nous l'interdisions. Mais nous n'en aurions jamais fait reproche à Cliff ; il s'amusait comme un fou et nous l'adorions. Les jeunes aussi, d'ailleurs, et je ne doute pas qu'ils aient fait le meilleur usage de la clef bulgare, dans les dortoirs.

Pourtant, en tant qu'arbitre, Cliff était parfaitement fiable. Son instinct lui soufflait toujours à quel moment il fallait mettre fin à une situation qui pouvait devenir dangereuse, et comment voir venir une blessure pour l'empêcher de se produire ; il savait toujours où était le bord du tapis – et lequel des deux lutteurs s'en servait, dans quel but –, jamais il n'avait sifflé pour passivité un lutteur qui ne le méritait pas. Comment il avait mémorisé un plein livre de règles, mystère, mais quand il arbitrait, il ne permettait jamais la moindre prise illégale, même si, en tant qu'entraîneur, il enseignait tout ce qu'il connaissait, légal ou pas. C'est à lui que je dois d'avoir été bien meilleur arbitre que lutteur. Car, contrairement à la lutte elle-même, son arbitrage n'exige aucune performance athlétique exceptionnelle et ne dessert pas celui qui en est incapable.

Je n'oublierai jamais un certain tournoi dans le Maine, dont l'organisation et le déroulement frôlaient le délire. D'abord, Cliff et moi y étions les seuls arbitres à avoir fait de la lutte à titre personnel. Ensuite, au cours des matchs de présélection, nous fûmes les seuls à pénaliser un blocage de tête sans contrôle du bras – lorsqu'on bloque la tête de son adversaire, on est censé bloquer son bras avec ; se contenter de lui serrer la tête est irrégulier. Si bien qu'à l'intention des entraîneurs rassemblés là, ainsi qu'à celle des autres arbitres, Cliff profita d'un arrêt clinique pour insister sur le fait que la tête se bloquait avec le bras. Cette information perturba les autres arbitres, et la plupart des entraîneurs. L'un d'entre eux objecta :

– Il est trop tard dans la saison pour qu'on leur apprenne un truc nouveau.

– Mais c'est pas nouveau, c'est les règles, dit Cliff.

– C'est nouveau quand même, répondit le type, arbitre ou entraîneur, je ne me rappelle plus.

Il est clair qu'il exprimait le sentiment général : on acceptait cette prise depuis le début de la saison, voire depuis des années ; ils trouvaient tous qu'appliquer la règle ne ferait que leur compliquer la vie.

– Johnny et moi, on pénalise le contrôle de tête irrégulier, c'est clair ? leur dit Cliff.

Nous tînmes parole.

Les points infligés peuvent chiffrer assez vite en cas de récidive, et mener à la disqualification du lutteur coupable. En un rien de temps, de pénalisation en pénalisation, Cliff et moi avions disqualifié la moitié de l'État du Maine – ainsi que quelques entraîneurs qui protestaient. Au cours des demi-finales, je disqualifiai de même un poids lourd qui avait délibérément balancé son adversaire sur la table de marque ; je lui avais déjà donné deux avertissements et une pénalisation pour avoir lutté hors du tapis – et cela même après mon coup de sifflet. J'en étais arrivé à demander à son entraîneur s'il était sourd.

– Oh ! non, un peu débile, c'est tout, m'avait expliqué celui-ci.

Lorsque je disqualifiai le poids lourd, je vis ses parents descendre des tribunes pour venir me défier sur le tapis même. Je n'eus aucun mal à les identifier, ils n'eurent pas besoin de se présenter. Leur masse énorme les apparentait au premier coup d'œil à cette engeance dont les chromosomes s'étaient transmis à leur rejeton. Cliff me sauva la vie.

– Écoutez, s'il y a un truc, un seul, que vous arriviez à piger, c'est celui-là, leur dit-il. Y a qu'une seule règle, et je vais vous la dire qu'une fois (je voyais qu'il avait capté leur attention). Vous voyez, ça, sous nos pieds, dit-il en désignant le tapis, eh ben c'est un ta-pis. Et ça, là-bas, dit-il en montrant la table de marque sur laquelle le poids lourd avait balancé son adversaire, ça, nom de Dieu, c'est une table. Et nous, en lutte, on se bat sur le ta-pis ! La voilà, la règle.

Les parents du poids lourd s'en allèrent sans mot dire, en traînant les pieds. Cliff et moi, nous allions survivre jusqu'à la finale.

Elle avait lieu le soir. Du fin fond du Maine, des individus à la mine patibulaire surgirent dans la nuit. (Mon excellent ami Stephen King n'invente pas tout ce qu'il raconte ; il sait de qui je parle.) À côté des supporters de cette finale-là, les parents du poids lourd faisaient figure de spécimens d'humanité civilisés. Pour protester contre notre interdiction du contrôle de tête, les autres arbitres étaient rentrés chez eux. Cliff et moi nous retrouvions donc seuls pour arbitrer toutes les catégories en finale. Quand j'arbitrais un match, il était juge, et inversement. Le juge a le droit, mais ce n'est pas l'usage, d'outrepasser un coup de sifflet de l'arbitre ; quand l'action se précipite, il y a des choses que le juge de tapis voit alors que l'arbitre les rate (par exemple, des blocages de main irréguliers en position dessus) ; et pour ce qui est de déterminer les points marqués ou non sur le bord du tapis avant que les lutteurs en soient sortis, l'avis du juge peut être précieux.

Dans un tournoi inter-lycées, il peut y avoir onze, douze ou treize catégories de poids. De nos jours, en Nouvelle-Angleterre, dans un tournoi de première division, il y en a treize, la première à moins de quarante-huit, la dernière à moins de quatre-vingt-quatre, sans compter les poids lourds, jusqu'à cent trente kilos. Mais, dans les lycées eux-mêmes, il y a souvent une catégorie des quarante-cinq, et, dans certains États, on trouve aujourd'hui une catégorie des quatre-vingt-seize et cent kilos, en plus des classiques moins de quatre-vingt-quatre et moins de cent trente. Dans le Maine, cette année-là, la catégorie des poids lourds n'avait pas de limite supérieure – d'ailleurs, on l'appelait la catégorie illimitée.

Au cours des matchs des trois premières catégories, Cliff et moi avions distribué douze points de pénalité pour le fameux blocage de tête irrégulier, manifestement entré dans les mœurs du Maine. Cliff avait infligé une disqualification, pour morsure. Il s'agissait d'un type que son adversaire était en train de mettre épaules au tapis en prise bras-tête et qui lui avait mordu l'avant-bras jusqu'au sang. Émeute chez les supporters. De quoi ? On pouvait plus mordre, à présent ? (Les tribunes accueillaient des individus qui avaient une tête à mordre leur prochain tous les jours.)

Ce soir-là, dans le Maine, Cliff avait soixante-huit ans. Lui qui appartenait dans son jeune temps à la catégorie des moins de soixante-huit kilos n'avait pas pris plus de cinq kilos depuis cette époque. Toutes proportions gardées, il était aussi costaud que mon vieux copain Caswell de Pittsburgh. Il était pratiquement chauve, le visage allongé, la peau tannée et ridée comme du cuir, des oreilles spectaculaires, un cou et des mains énormes. La façon dont le public réagissait à son coup de sifflet lui déplut. Il alla jusqu'à la table de marque et empoigna le micro de l'annonceur pour lancer :

– On mord pas, c'est clair, oui ?

Les fans n'apprécièrent pas, mais ils se calmèrent.

Il nous restait quelques catégories, avec leur lot de blocages irréguliers, à tenir ; nous nous répartissions la tâche, tantôt arbitre, tantôt juge, et nous n'arrêtions pas de siffler. Outre le contrôle de tête délictueux, il y avait tout un festival de doubles prises de tête, ciseaux, torsion de genou, coups de tête, etc. Dans la catégorie des moins de quatre-vingt-deux kilos, il me revint de siffler le penalty qui détermina l'issue du match. Je crus que les supporters allaient me plaquer au tapis et j'entendis distinctement l'entraîneur du coupable me traiter d'enculé, ce qui, en principe, aurait dû valoir un autre point de pénalité – mais je jugeai bon de laisser passer.

Cliff et moi nous mîmes d'accord pendant que la populace écumait.

Puis il reprit le micro pour annoncer :

– On ne fourre pas ses doigts dans les yeux de son adversaire – c'est clair, oui ?

Ce fut Cliff qui arbitra les poids lourds, ce dont je lui fus et lui serai éternellement reconnaissant. Le jeune gars qui avait été projeté sur la table de marque, et du même coup déclaré vainqueur en demi-finale, avait un peu souffert de ses aventures ; son adversaire était un tordeur de doigts, que Cliff pénalisa deux fois en première période, non sans lui expliquer la règle patiemment les deux fois : si l'on saisit les doigts de son adversaire, il faut saisir les quatre, et pas seulement deux ni un, ni le pouce à l'exclusion des autres. Mais le tordeur de doigts persévérait diaboliquement dans son erreur, et le gars qui avait été catapulté sur la table de marque se trouvait, dirons-nous, sensibilisé – ce qui peut se comprendre. Lorsque son adversaire lui tordit les doigts de cette façon irrégulière, il contre-attaqua par un coup de tête ; Cliff le pénalisa donc à son tour, en toute équité. Chacun des adversaires débutait ainsi la deuxième période avec le même handicap, et d'ailleurs, jusque-là, ni l'un ni l'autre n'avait esquissé une attaque ou une prise régulières – je voyais déjà que Cliff ne risquait pas de s'ennuyer.

Le tordeur de doigts occupait la position dessous ; son adversaire lui flanqua des ciseaux et une double prise de tête qui lui valurent un nouveau point de pénalité. C'est alors que, sans raison apparente, le lutteur qui occupait la position supérieure administra le coup du lapin au tordeur de doigts. Tout était dit. Cliff le disqualifia pour conduite peu sportive. J'en arrivai à me demander si je n'avais pas eu tort de siffler quand il avait été balancé sur la table. Cliff était en train de tendre le bras du tordeur de doigts en signe de victoire lorsque j'aperçus la mère du poids lourd battu ; là encore, le repérage génétique était aisé ; tout dans la physionomie de cette femme accusait la pondeuse de poids lourds.

Dans le Maine, et nulle part ailleurs, cette année-là, il m'était arrivé d'entendre appeler les arbitres des zèbres, allusion probable à leurs chemises rayées noir et blanc ; je présume que Cliff, lui aussi, s'était déjà fait traiter de zèbre. Mais nous avions beau connaître cette appellation désinvolte, nous ne nous attendions pas à l'agression originale de la Mère Poids-Lourd. Elle propulsa sa masse en roulant des épaules jusqu'à la table de marque et arracha le micro des mains de l'annonceur. L'index tendu vers Cliff, planté perplexe au milieu du tapis, elle lança :

– Même un zèbre voudrait pas t'enfiler !

Malgré la propension instinctive de la foule au chahut, le public ne savait trop comment réagir à cette assertion ; les supporters, debout ou assis, en restèrent babas. Lentement, Cliff s'approcha du micro. Tout natif du Kansas qu'il était, il restait un enfant de l'Oklahoma. Il avait gardé sa démarche de cow-boy jusque dans le Maine.

– C'est clair ? demanda-t-il à la foule.

Il y a loin du fond du Maine jusqu'à Exeter, et sur tout le trajet il ne cessa de me répéter :

– Même un zèbre, dis donc, Johnny !

C'est ainsi qu'il s'annonça au téléphone, désormais, chaque fois qu'il m'appelait.

Cet hiver-là, je ne perdis pas une occasion d'arbitrer. Non pas que cela me rapportât une fortune, ni que j'aie jamais revu un tournoi comme celui du Maine. Mais la raison pour laquelle je m'étais fait arbitre, et qui plus est, y prenais plaisir, s'appelait Cliff Gallagher. Quel retour formidable à la lutte !

– Je te l'avais bien dit que tu l'aimerais toujours, la lutte, conclut Ted Seabrooke.

Médaille d'or

Dans l'Iowa, du temps que j'étais inscrit à l'Atelier d'écriture, entre 1965 et 1967, Vance Bourjaily m'offrit son amitié, mais il ne fut pas mon professeur principal. Pendant quelque temps, je tentai de travailler avec Nelson Algren. Si j'excepte le Pr Passable-de-Justesse de ma malheureuse année à Pittsburgh, ce fut ma première rencontre avec un critique négatif. Je n'étais pas insensible au charme rugueux de Mr. Algren, mais lui ne faisait pas grand cas de ma personne ni de mon travail. J'étais un écrivain trop « chic » à son goût, me dit-il ; qui pis est sans doute, je n'étais pas un gosse des villes, qui ait fait ses classes à la rude école du pavé. Moi, je venais d'une petite ville, d'une école privée ; il ne se doutait pas du pire : j'étais même gosse de prof ! Selon lui, le meilleur maître, pour un jeune écrivain, c'était la vie, la vraie – par quoi il entendait la vie des grandes villes. En tout cas, ma vie à moi n'avait pas été assez « vraie » pour trouver grâce à ses yeux ; même le fait que je sois lutteur et non pas boxeur le chagrinait – la boxe, c'était tout de même autre chose ! Ses mises en boîte n'étaient jamais méchantes, mais je sentais cependant le mépris transparaître sous l'humour. Pour couronner le tout, je ne jouais pas au poker, indice supplémentaire de mon absence de cran.

Mon ami le poète Donald Justice (excellent joueur de poker, pour sa part, paraît-il) me confia un jour que Mr. Algren perdait gros à Iowa City, parce que, arrivant de Chicago, il s'attendait à n'y trouver que des caves. Il me considérait moi aussi comme un cave, en quoi il n'avait pas tort, mais les blessures qu'il infligeait à mon amour-propre cicatrisèrent sans peine. Si l'on veut jouer le jeu en prenant l'écriture de fiction comme matière à étude, il faut bien accepter un revers de temps en temps. J'appréciais l'honnêteté de Mr. Algren. Ses commentaires caustiques n'entamèrent pas ma sympathie à son égard.

Je ne devais jamais le revoir, sinon peu de temps avant sa mort ; il s'était installé à Sag Harbor et moi à Sagaponack, si bien qu'un soir Kurt Vonnegut me l'amena à dîner. Comme par le passé, il me plut, et comme par le passé, il me mit en boîte ; il y excellait. Cette fois, il prétendit ne pas se rappeler m'avoir eu comme élève, du temps que nous étions dans l'Iowa, malgré les efforts que je déployai pour lui remémorer nos conversations ; mais après tout, elles avaient été rares et brèves, il pouvait effectivement les avoir oubliées. Enfin, lorsqu'il prit congé, il affecta de me confondre avec Clifford Irving, l'auteur du fameux canular autour de Howard Hugues. Et il dit combien il était amateur de jolis coups montés. Mais lorsque Kurt Vonnegut lui expliqua que je n'étais pas cet Irving-là, Algren me fit un clin d'œil – c'était pour me taquiner, une fois de plus. Mais si l'on se lance dans l'écriture de fiction à la faculté, et plus encore dans la vie, mieux vaut prendre les petites taquineries, et même les moins petites, avec une bonne dose d'humour.

Dieu merci, il y avait d'autres professeurs à l'université de l'Iowa. J'avais été tenté de suivre les cours de José Donoso, car j'admirais son style et que je trouvais aimable – ce que n'était en rien Mr. Algren. Seulement, j'avais contracté un amour de potache aussi muet que soudain pour sa femme du jour où je l'avais vue. Après quoi, j'aurais été incapable de le regarder en face, ce qui n'augurait pas d'une relation maître-élève bien féconde. C'est ainsi que mon principal professeur et mentor à l'Atelier d'écriture de l'Iowa fut Kurt Vonnegut. (Un jour, dans une salle de billard, je m'étais battu contre un de mes camarades, un boxeur, qui avait traité Vonnegut d'écrivaillon de science-fiction sans avoir jamais lu que la jaquette de ses livres – j'avais du même coup fait une démonstration convaincante de la supériorité de la lutte sur la boxe, mais, hélas ! Mr. Algren n'était pas là pour l'apprécier.)

Kurt Vonnegut m'« apprit »-il à écrire ? Je ne dirais

pas ça. Mais il me fit gagner du temps, et il m'encouragea. Il me fit voir certaines mauvaises habitudes dans mes premiers textes (et dans mon premier roman, que j'étais en train d'écrire) et il me fit voir aussi les domaines de l'art du conteur, personnages compris, qui venaient assez bien sous ma plume. J'aurais sans aucun doute fait ces découvertes tôt ou tard, mais peut-être beaucoup plus tard. Or le temps est précieux pour les écrivains, jeunes ou vieux.

Par la suite, devenu professeur, car j'ai enseigné à l'Atelier de 1972 à 1975, j'ai rencontré nombre de futurs écrivains parmi mes élèves. Je n'ai pas « appris à écrire » à des gens comme Ron Hansen, Stephen Wright, T. Coraghessan Boyle, ni à Susan Taylor Chehak, Allan Gurganus, Gail Harper, Kent Haruf, Robert Chibka, ni à Douglas Unger, mais j'espère avoir su les encourager et leur avoir fait gagner du temps. En cela je n'ai pas fait autre chose que ce que Kurt Vonnegut a fait pour moi, mais, en l'occurrence, il a fait beaucoup, ainsi que Mr. Yount et Mr. Williams.

C'est aux erreurs techniques que je pense ici, l'ennui qui s'installe dans un texte, les problèmes de points de vue, les avantages comparés d'une narration à la première ou à la troisième personne, la maladresse de glisser l'exposition dans du dialogue, le handicap moteur que peut constituer l'usage du présent, les risques de briser l'élan du récit en y introduisant des passages expérimentaux puérils et sans intérêt, etc. Il suffit de dire : « Ça, vous le faites bien » et : « Ça, c'est moins réussi. » Ces domaines sensibles se retrouvent si fréquemment que les jeunes romanciers de talent s'en avisent eux-mêmes au bout du compte, mais parfois lorsqu'une révision substantielle du manuscrit s'impose, quand ce n'est pas, pire encore, une fois le livre publié.

Tom Williams me fit un jour remarquer que j'avais tendance à doter mes personnages de proportions mythiques et d'un statut légendaire avant même qu'ils n'aient fait quoi que ce soit pour mériter ces attributs. (On pourrait en dire autant de García Márquez, mais dans mon cas la critique de Mr. Williams était fondée.) Et Kurt Vonnegut m'a demandé pour sa part si je trouvais intrinsèquement drôles les verbes « guigner » ou « lorgner ». Il voulait seulement dire que j'en abusais sciemment et avec une certaine coquetterie ; il n'avait pas tort.

Lorsque j'étais à l'Atelier d'écriture, j'avais pour camarades d'études Gail Godwin, ainsi que John Casey, futur lauréat du National Book Award pour 1989 ; ils eurent donc eux aussi Kurt Vonnegut pour professeur.

John Casey me rappelait récemment que, dès son arrrivée à Iowa City, Gail Godwin était un écrivain à prendre au sérieux. Elle s'était défendue dans le parking du bâtiment d'anglais et de philosophie contre les assiduités indésirables d'un condisciple en rut dont nous tairons le nom.

– Cessez de m'importuner, je vous prie ! avait-elle lancé au coupable. Sinon, je me verrai contrainte de vous frapper d'une arme dont les coups ne vous pardonneraient pas dans une si petite ville.

Menace sibylline autant que littéraire, mais il en fallait davantage pour décourager le rustre :

– Et ce serait quoi, cette arme, mignonne ? aurait-il demandé.

– Le ragot, avait répliqué Gail Godwin.

Andre Dubus et James Crumley étaient aussi parmi nos camarades. Je me souviens d'un pique-nique à la ferme de Bourjaily qui s'était terminé par une bataille amicale de tartes à la crème ; Dubus ou Crumley, torse nu (et raisonnablement velu) s'était pris une tarte à la crème de Boston en pleine poitrine. Qui l'avait visé et pourquoi, j'ai comme toujours la mémoire qui flanche – mais ce n'était pas moi, je le jure ! Je verrais assez bien David Plimpton dans le rôle. Nous avions été dans la même équipe de lutte à Exeter, il en était capitaine un an avant moi – et nous retrouver dans l'Iowa nous paraissait une invraisemblable coïncidence (lui avait lutté à Yale).

C'était avant que la fabuleuse Carver-Hawkeye Arena soit construite : la salle de lutte était encore au milieu des poutrelles de l'ancien stade de baseball. Son entraîneur s'appelait Dave McCuskey : il était gentil avec moi, mais portait un jugement très critique sur ma condition physique. J'étais capable de lutter sans mollir contre ses élèves ; seulement, je ne pouvais pas tenir plus de trois ou quatre minutes ; après, il fallait que je m'asseye sur le tapis, dos appuyé au mur. McCuskey réprouvait ces façons : si je n'avais pas la force de tenir tête à ses jeunes les neuf minutes réglementaires, je n'avais qu'à laisser tomber la lutte. Mais moi, mon plaisir, c'était d'enchaîner les projections jusqu'à ce que je sois fatigué ; et puis de m'appuyer au mur, pour en faire encore quelques autres. Et ça, ça ne plaisait pas à McCuskey.

David Plimpton n'était pas dans une meilleure forme que moi ; lui aussi aimait bien servir de *sparring partner* aux jeunes de l'Iowa. Et il me confia qu'il était lui aussi mal vu par l'entraîneur. Plimpton et moi avions le sentiment de faire œuvre utile en livrant nos corps moins fringants aux jeunes pour qu'ils s'entraînent. Mais enfin, dans la salle de lutte, McCuskey était maître chez lui, il donnait le ton – je respectais sa façon de voir. Pas question de m'appuyer au mur. En conséquence, mes apparitions dans la salle, ainsi que celles de Plimpton, se firent sporadiques. Moi, je n'y mis plus les pieds qu'en phase de masochisme aigu.

Évidemment, dans l'idéal, Plimpton et moi aurions dû nous entraîner ensemble. Le hic, c'est qu'à Yale il avait lutté dans la catégorie des moins de quatre-vingt-dix kilos, et moi dans celle des moins de cinquante-sept à Pittsburgh ; en comptant les six ou huit kilos que nous avions pris chacun depuis, il restait toujours une différence de plus de trente kilos entre nous qui nous interdisait de lutter l'un contre l'autre.

Sept ans plus tard, lorsque je retournai dans l'Iowa, pour y enseigner cette fois, à l'Atelier d'écriture, la salle de lutte n'avait pas changé d'emplacement, mais l'atmosphère y était toute différente. L'entraîneur en chef n'était autre que Gary Kurdelmeier, ancien champion de l'Iowa en national pour l'année 1958. En 1972, son nouvel assistant arriva à Iowa City. Il s'agissait de Dan Gable, qui venait de remporter la médaille d'or aux jeux Olympiques de Munich, avec soixante-six kilos. Dans la salle de lutte de Kurdelmeier et Gable, il y avait beaucoup d'étudiants de deuxième cycle (comme Plimpton et moi en 1965-1967), ainsi que des lutteurs qui avaient même déjà quitté l'université. Les années où j'enseignais à l'Atelier, entre 1972 et 1975, donc, l'Iowa se mit à dominer les tournois universitaires sous l'égide de Dan Gable ; et en tant qu'entraîneur, Gary Kurdelmeier remporta deux titres nationaux par équipes, en 1975 et en 1976 ; bientôt il passerait la main à Gable, qui gagna son premier titre par équipes en 1978, et c'est J. Robinson, aujourd'hui entraîneur en chef à l'université du Minnesota, qui devint son assistant.

Brad Smith, Chuck Yagla, Dan Holm, Chris Campbell – tous ces gens-là se trouvaient dans la salle de lutte de l'université de l'Iowa à l'époque, et ils allaient tous devenir champions en national. Il régnait dans cette salle l'atmosphère la plus intense que j'aie jamais connue ; pourtant, Gable et Kurdelmeier vous y accueillaient à bras ouverts – même si on ne tenait que deux minutes avant de s'appuyer au mur. Et, avec une équipe pareille, jamais je ne tins plus de deux minutes.

Lors de plusieurs rencontres avec une autre fac, je m'installai pour regarder le spectacle près de l'ancien entraîneur, Dave McCuskey, qui avait pris sa retraite ; nous n'avions pas de divergences philosophiques. Tout le monde admirait Gable. Avec trois titres en national universitaire remportés pour l'Iowa (dans toute sa carrière, il n'avait été battu qu'une seule fois), il attirait les foules non seulement sur les tribunes, mais dans la salle de lutte. Tout le monde voulait se mesurer à lui – ne serait-ce que deux minutes. En deux ans, je choisis le plus souvent des partenaires moins coriaces, mais aucun n'était facile à battre, là-bas. Comme tout un chacun, il m'arriva de céder au frisson (avant-coureur d'une humiliation) et de lutter contre Dan Gable. Bien entendu, je ne réussis jamais à lui mettre un point. Du moins n'étais-je pas le seul de mon espèce. En 1972, aux jeux Olympiques de Munich, où il avait gagné sa médaille d'or, aucun de ses adversaires n'avait réussi à marquer contre lui.

Remporter les jeux Olympiques en lutte libre sans concéder un point équivaut à gagner Wimbledon en trois sets six-zéro, ou encore un jeu à quatre en championnat du monde sans que l'équipe adverse ait réussi à marquer. Phénomène plus rare encore, Gable, en passant du statut de lutteur à celui d'entraîneur, avait conservé son hégémonie sans difficulté. En 1995, l'Iowa a remporté son quatrième titre de NCAA en cinq ans – et son quinzième championnat national en vingt et un ans. Cette année toujours, l'université a gagné sa vingt-deuxième coupe du tournoi des Dix. Je crois que de pareilles séries, en universitaires, sont un record toutes disciplines, omnisports. Sur les dix classes de poids, l'Iowa a réussi à mener sept lutteurs en demi-finale du tournoi de NCAA. Mais Dan Gable, perfectionniste jusqu'à la moelle, a trouvé moyen d'être déçu. Les représentants des moins de soixante-huit et des moins de quatre-vingt-deux kilos étaient tous deux sélectionnés en national ; tous deux ont perdu en finale.

Moi, c'est toujours le travail fait en lutte qui me reste, qui marque les années. Dans mes souvenirs de l'Atelier d'écriture, je mélange souvent l'époque où j'étais étudiant et celle où j'ai enseigné ; il m'arrive même de confondre élèves et camarades d'études. Mais quand je veux m'y retrouver dans les années, je pense à mes partenaires d'entraînement (et pas seulement dans l'Iowa), à l'entraîneur, à la salle. Et si j'ai tendance à mélanger mes années d'études avec mes années d'enseignement, j'y vois le signe du pragmatisme et du professionalisme qui régnaient à l'Atelier. D'un côté comme de l'autre, je me suis bien trouvé là-bas.

La mort d'un ami

Don Hendrie Jr. et moi, nous avions fait nos classes ensemble à Exeter, mais nous nous connaissions à peine, de ce temps-là. Je le retrouvai à l'Atelier d'écriture de l'université de l'Iowa – en tant que camarade, j'en suis sûr. Outre qu'il a été pendant des années directeur du programme Écriture de deuxième cycle à l'université d'Alabama, il a écrit quatre romans et un recueil de nouvelles. Nous retrouver ensemble dans l'Iowa était le fruit d'une ironie du sort plus invraisemblable encore que celle qui m'y avait fait rencontrer David Plimpton ; en effet, du temps d'Exeter, Hendrie et moi avions des vues sur la même jeune fille. C'est lui qu'elle épousa, et il devint mon meilleur ami dans l'Iowa. Nos enfants devaient grandir ensemble. Lorsque j'étais entraîneur et professeur dans une petite fac du Vermont, il enseignait dans une petite fac du New Hampshire – à une heure à peine. Lorsqu'il se mit à enseigner à Mount Holyoke College, je l'y suivis.

Il avait l'habitude de mettre ses amis dans ses romans, où il les faisait entrer sous un nom d'emprunt, mais avec une description physique éloquente ; je ne m'en suis jamais fâché, parce que le ton de ses textes était toujours celui de la moquerie affectueuse. Ma dernière apparition dans un de ses romans *A Survey of Atlantic Beaches (Panorama des plages de l'Atlantique)* se fit sous le nom de Barry Kessler, scénariste. Don Hendrie me voyait sous les traits d'un « athlète quadragénaire compulsif, adonné à la course de fond et à l'haltérophilie ».

Nous n'avions jamais pu nous mettre d'accord sur Oscar Wilde. Lui l'aimait, moi pas. Soit dit en passant, je n'irais pas faire grief à un écrivain d'être un auteur mineur. Et ce n'est pas ce qui me chagrine chez Wilde. Pas plus que son homosexualité, cette « indécence grossière », comme on disait dans l'Angleterre victorienne qui le condamna à deux ans de travaux forcés dont il ne put jamais se remettre. Au contraire, on ne peut que lui accorder sa sympathie pour s'être fait le champion de cette « obscénité », puisque la sodomie passait pour telle à l'époque. Non, ce que je déteste chez Wilde, c'est que cet écrivain de second ordre s'est complu à décocher ses phrases lapidaires contre les grands – fallait-il qu'il fût jaloux de Dickens et de Flaubert pour les avoir ainsi accablés de son mépris !

Wilde n'aurait jamais dû passer un seul jour en prison pour obscénité. N'empêche que la postérité le reléguera à sa place : dans les livres de citations anodines qu'on pose sur le guéridon de sa salle de séjour. Pendant ce temps, Flaubert et Dickens ont toujours de vrais lecteurs. (Wilde n'a rien d'original si l'on considère que sont légion les auteurs dont la vie privée est plus passionnante que l'œuvre.)

Si j'éprouve le besoin de dire mon sentiment là-dessus, c'est qu'au moment où je réécrivais ces Mémoires, on célébrait le centenaire de son incarcération inique. Comme de juste, ce centenaire s'accompagna de dithyrambes et coups d'encensoir divers. Or, si j'admets volontiers que « l'incarcération de Wilde a été l'une des plus grandes tragédies de la littérature », je ne supportais guère de subir le concert du centenaire en silence ; mais mon ami Don Hendrie venait de mourir – et il était bien le seul être avec qui j'aie eu envie de me disputer sur Wilde.

Hendrie trouvait souvent moyen de prolonger ses querelles personnelles dans ses romans ; je n'en ai jamais pris ombrage, y voyant une excentricité charmante. Ainsi ce passage : « Barry Kessler s'encadrait dans la porte, mains sur les hanches. Il portait des chaussures de course, des chaussettes blanches toutes propres qui lui montaient jusqu'aux genoux, un short vert en tissu ultra-léger, et un tee-shirt immaculé avec, sur la poche de poitrine, en lettres minuscules, l'inscription "Oscar Wilde = Enfoiré". C'était un homme petit, taille mince, larges épaules ; il avait ce visage ravagé de quelqu'un qui a fait des débuts prometteurs dans le cinéma quand il était enfant et qui a gardé, voire accru sa confiance en soi au prix d'efforts acharnés. »

Don Hendrie est mort en mars 1995, deux jours tout juste après le trentième anniversaire de mon fils Colin. Atteint de la maladie de Parkinson, il n'avait plus cette maîtrise subtile de son verbe ; son vocabulaire l'avait abandonné. En tant qu'écrivain, j'admirais son courage stoïque. Un mois avant sa mort, un soir que nous bavardions, chez moi, dans le Vermont, un mot vint à lui manquer ; il quitta la table et se rendit dans la cuisine pour y tapoter patiemment le réfrigérateur : « Cette chose, là, où on met les aliments à rafraîchir », expliqua-t-il.

Il eut un accident de voiture dans le Maine, une ou deux semaines après. Quand il sortit de l'hôpital, il était chancelant et désorienté. Outre la débilisation que lui causait la maladie de Parkinson, il avait un problème cardiaque. La nuit qui précéda sa mort, il la passa chez son ex-belle-mère, à Exeter, en compagnie de son fils aîné ; ils prirent le petit déjeuner ensemble le lendemain matin ; après quoi, Hendrie mourut d'une crise cardiaque en faisant le tour du pâté de maisons. Il s'écroula dans Front Street, la rue même où j'ai grandi, dans la maison de ma grand-mère. (Hendrie, lui, n'était pas né à Exeter, mais c'est là qu'il avait fait sa première année de fac et qu'il s'était marié, si bien qu'avec les années il s'y était senti chez lui.)

C'est à lui que je vendis ma Motocyclette lorsque je devins père. Nous nous étions mariés à deux ans d'intervalle, et avons d'ailleurs divorcé de même ; j'avais été placeur à son mariage ; la réception avait lieu à Exeter Inn, sur Front Street, la rue où il est mort.

Il me manque. Lorsque je pense à lui, je le revois étudiant dans l'Iowa, du temps que nous nous lisions l'un à l'autre ce que nous venions d'écrire, et que nous échangions des considérations sans importance (cf. Oscar Wilde = enfoiré), que nous jugions essentielles à l'époque, bien entendu.

J'étais jeune marié, je venais d'avoir mon premier fils ; Hendrie était amoureux, il allait se marier et être père très bientôt, lui aussi. En tant qu'écrivains, apprentis-écrivains, nous commencions tout juste. Nous avions chacun un petit boulot à la bibliothèque, où nous classions les livres rendus. Des petits boulots pendant la saison de football (à vendre des bannières, des boutons, des coussins de stade, des cornes de vaches et des clochettes lors des matchs à domicile). Nous travaillions tous deux comme serveurs dans un infect restaurant de Coralville. Ce que je veux dire, c'est que nous nous voyions tous les jours et que nous faisions des tas de choses insignifiantes, mais que tous les jours nous débordions d'enthousiasme, parce que nous voulions devenir écrivains. C'est le souvenir que je veux garder de lui.

Ainsi parlait Kurt Vonnegut

Je ne me rappelle pas du tout mon camarade d'études Tom McHale, futur auteur de *Farragan's Retreat* et de *Principato* ; j'ai dû le rencontrer à Iowa City, mais je ne le connaissais pas vraiment ; j'ai de même oublié sa « fabuleuse petite amie belge », je cite John Casey, qui se demande comment une fille pareille n'est pas restée dans mon souvenir. Tom McHale est mort en 1982 ; suicide, apparemment, mais certains ont parlé de crise cardiaque.

En revanche, je me rappelle Jonathan Penner – un grand type, particulièrement remarquable de profil. Je le revois faisant des tours sur la piste couverte où je courais moi-même tous les jours. Pour autant que je me souvienne, il avait une foulée puissante, infatigable, et bien plus rapide que la mienne. Mais ce qui mobilisait mon attention, à l'époque, c'était l'évolution de mon travail d'écrivain ; or, dans le souvenir de l'écrivain, il n'est pas rare que les gens croisés dans la vie soient plus flous que les créations du roman. Je ne serais pas étonné outre mesure si, à la lecture de ces lignes, Penner me téléphonait pour me dire qu'il n'a jamais fait de course, pas le moindre tour de stade – mais quand même, il me sidérerait s'il me disait qu'il est petit.

Bien sûr, je pourrais passer un coup de fil à Andre Dubus, histoire de lui demander si c'était lui ou Crumley qui s'était fait éclabousser de tarte à la crème ; je pourrais de même appeler David Plimpton pour lui faire avouer si c'était lui le lanceur, et qui il avait visé. Seulement, il me semble justement que les lacunes et les erreurs de ma mémoire ressortissent à une autre forme de fidélité ; ce que l'écrivain oublie, ce qu'il déforme, fait partie de ce que les « Mémoires » signifient pour lui. (Je me souviens ainsi très bien que Plimpton avait suscité autant d'envie que d'indignation en vendant une nouvelle à l'un de ces magazines que l'on a coutume de tenir hors de portée de sa femme et de ses enfants ; pardessus le marché, il avait investi l'argent dans l'achat d'un fusil, sur quoi un camarade fielleux avait émis l'espoir qu'il retourne l'arme nouvellement acquise contre lui.)

Et quelles nouvelles de mes camarades de l'Iowa qui ne devinrent pas écrivains ? L'un d'entre eux est professeur d'anglais en lycée ; un autre, professeur de droit à la faculté ; et le troisième – il s'agit de David Plimpton –, psychologue clinicien.

Outre mes nombreux étudiants de l'Iowa à avoir

publié, sont aussi des romanciers productifs mes deux meilleures élèves de Bread Loaf, Patty Dann et Elisabeth Hyde, ainsi que ma meilleure élève à Brandeis, Carol Markson. Mais que dire de ces étudiants qui suivirent mes cours d'écriture de fiction et ne se lancèrent pas à l'assaut de la République des Lettres ? L'un d'entre eux est un directeur de collection très estimé chez un éditeur new-yorkais ; un autre vit confortablement en écrivant des westerns ; un troisième est le proviseur d'une école privée très cotée ; beaucoup sont professeurs d'anglais au lycée ou à l'université, et puis – j'ai gardé le meilleur ou la meilleure pour la fin, car, à vrai dire, c'est quelqu'un dont je suis particulièrement fier –, il y a Karen Andes, championne de culturisme, qui vient d'écrire un livre sur le développement de la force chez les femmes. Karen, je ne lui ai pas été d'une grande utilité pour son premier roman, qui n'est pas encore publié à ce jour, mais c'est moi qui lui ai fait découvrir un gymnase pour la première fois, et qui lui ai mis un haltère à la main. Aujourd'hui, j'ai cinquante-trois ans, et c'est elle qui peut m'en apprendre, car je serais bien incapable pour ma part d'écrire un livre sur la condition physique des culturistes femmes.

Pourtant, ce que je me rappelle le mieux de ces années passées dans l'Iowa, c'est la conscience que j'avais d'être marié et père de famille. Cela me tenait à l'écart de la majorité de mes camarades ; ils avaient le temps de parler de l'écriture, eux, j'avais même l'impression qu'ils passaient leur temps à ça. Tandis que moi, sinon avec Hendrie, j'avais autre chose à faire. Je ne donnais qu'un cours de premier cycle, mais j'avais trois boulots à temps partiel. Et, quand je ne travaillais pas, je m'occupais de Colin, ou j'écrivais.

Nous n'avions pas de téléviseur. Quand il passait quelque chose d'intéressant sur les chaînes, il me suffisait de mettre Colin dans sa poussette et de tourner le coin de la rue pour aller chez Kurt Vonnegut. C'est chez lui que j'ai suivi la guerre des Six Jours, Colin sur mes genoux. Lors d'un autre événement télévisuel – Colin toujours sur mes genoux, à moins qu'il ne se soit occupé à mettre en pièces un bibelot des Vonnegut –, je me rappelle avoir discuté avec Kurt de ce que j'envisageais pour faire bouillir la marmite.

Les professeurs et les entraîneurs avaient été gentils avec moi, et Kurt ne faisait pas exception. Je me voyais donc prendre un emploi de professeur et un autre d'entraîneur. Quant à vivre de ma plume, je n'y songeais même pas, dis-je à Kurt. À cet égard, je ne me berçais d'aucune illusion qui risquât de me rendre malheureux comme les pierres.

– Tu auras peut-être des surprises, me répondit Kurt Vonnegut. Quelque chose me dit que le capitalisme ne te fera pas de misères…

Le vote aux docteurs

Je pris mon premier poste à Windham College, établissement aujourd'hui disparu, à Putney, dans le Vermont. Windham faisait partie de ces écoles qui ont brièvement prospéré pendant la guerre du Vietnam ; on y trouvait une forte densité d'étudiants qui ne seraient jamais allés à l'université s'ils n'avaient pas cherché à éviter le Vietnam ; pourtant, mes meilleurs éléments comptent parmi ces étudiants « par raccroc » ; et l'un d'entre eux, universitaire authentique, allait devenir mon administrateur de biens. Il s'appelle Willard Saperston. À la fin de la guerre, Windham mit la clef sous la porte, mais moi, j'en étais déjà parti.

La fac n'avait pas d'équipe de lutte lorsque j'y arrivai. J'obtins tout de même de l'administration les crédits pour un tapis, que j'installai dans un ancien entrepôt du stade, et c'est là que j'entraînais les jeunes à la lutte, dans le cadre d'un « club de sport ». Une demi-douzaine de gars qui avaient fait de la lutte en lycée, ainsi que deux anciens du Vietnam, constituaient le noyau dur du club ; comparé à toutes les salles où j'avais travaillé, c'était de l'à-peu-près, mais enfin, j'avais des partenaires pour m'entraîner, je ne pouvais pas me plaindre.

Lorsque le collège fit faillite et vendit aux enchères tout son matériel, je me rendis à la vente dans l'espoir de récupérer le tapis de lutte. Malheureusement, il faisait partie d'un lot vendu à un établissement du Sud et qui comprenait tout un équipement sportif, y compris des bains à remous et trois portiques, ainsi que tous les haltères de la salle de musculation. À mon avis, l'établissement acheteur n'était même pas intéressé par le tapis, puisqu'il ne proposait pas de cours de lutte, mais je ne réussis pas à l'isoler du lot.

Malgré l'effondrement de la fac, Putney fut une ville agréable pour élever mes enfants et demeura mon port d'attache pendant dix-huit ans ; d'ailleurs, Shyla, mon ex-femme, y vit toujours. Ce même étudiant qui allait devenir mon administrateur de biens était aussi un habile charpentier amateur. Il réussit à transformer une cabane à outils – l'une des dépendances de ma propriété, à côté de la grange – en bureau où je pouvais m'installer pour écrire. C'est dans cette cahute que j'ai écrit l'essentiel de mes cinq premiers romans. Depuis, Shyla lui a rendu sa vocation première et y range les outils. Comme je l'ai dit, Willard Saperston gère aujourd'hui mon argent, après avoir créé mon premier bureau. Je vois là comme une symétrie ; du même ordre que celle qui parcourt l'histoire de mon ami Don Henrie, mort à quelques pas du restaurant où il s'était marié et de la maison où je suis né.

Malgré la fin relativement prématurée de Windham, je ne cessai de revenir régulièrement à Putney. J'en partis un an pour séjourner à Vienne, où mon second fils Brendan est né, en 1969, puis trois ans pour enseigner dans l'Iowa, à l'Atelier d'écriture, une autre année pour enseigner à Mount Holyoke, et enfin une dernière à Brandeis. Mais, entre-temps, je me trouvais à Putney, où je travaillais dans la remise à outils.

Tout en écrivant mes quatre premiers romans (*Le Monde selon Garp* est mon quatrième), je travaillais le plus souvent à plein temps – avec deux exceptions, la fois où j'obtins une allocation de la Fondation Rockefeller (mais elle n'en donne plus à titre individuel aujourd'hui) et, la seconde, lorsque je reçus une subvention de la Fondation Guggenheim. Par conséquent, en onze ans, je n'ai eu que deux années, 1967 et 1978, où j'ai pu me consacrer à l'écriture ; ça ne m'a pas empêché de publier quatre romans.

Il y eut bien une autre année où je ne fus ni professeur ni entraîneur ; je m'étais accordé quelques mois pour écrire un scénario de mon premier roman *Liberté pour les ours !* Cette année-là, je ne parvins jamais à me faire payer à la date prévue. Depuis Vienne, j'envoyais des télégrammes désespérés à Los Angeles, mendiant le chèque de mon acompte. Le pire de tout, c'est qu'il ne me restait plus de temps pour me consacrer à ma tâche principale, qui était d'écrire un deuxième roman, et malgré ces cinq versions successives du scénario, le film ne vit jamais le jour. Tout cela pour dire que cette année-là fut en somme moins féconde que toutes celles où je travaillai pour gagner ma vie.

Petite précision : la subvention que j'avais reçue du National Endowment for the Arts pour écrire mon troisième roman ne suffisait même pas à nourrir une famille de quatre personnes pendant un été (famille où j'étais le seul à travailler). J'investis donc l'argent dans la réfection de l'unique salle de bains de la maison et pris un boulot pour l'été. Je ne m'en plains pas, je ne me plains pas non plus du NEA : on ne pouvait pas me donner ce qu'on n'avait pas.

J'ai souvent entendu des écrivains dire qu'un auteur doit se débrouiller tout seul au lieu de se faire assister par l'université ; qu'un auteur qui gagne son pain à la sueur de son enseignement – pour ne pas imposer de contraintes de rentabilité à ce qu'il écrit – n'est pas un auteur authentique ; qu'il ne fait qu'assurer ses arrières. Pour ce qui me concerne, je tenais précisément à me dégager des contraintes de temps, et de profit. J'ai des amis qui interrompent sans cesse les romans qu'ils écrivent pour envoyer des articles à des magazines, ou qui publient des romans qu'il aurait fallu revoir parce qu'ils ont eu besoin d'avances de fonds ; c'est ce que j'appelle être assujetti à des délais et des impératifs de rentabilité ; moi, je n'ai jamais connu ces problèmes.

À l'heure actuelle, il n'y a rien qui m'horripile davantage que de voir ces écrivains bienheureux qui vivent de leurs livres donner séminaires et conférences d'un bout à l'autre des États-Unis en tenant des propos peu généreux. En présence de bons écrivains qui gagnent leur vie en enseignant, ces auteurs à succès prennent plaisir à dénoncer en l'université l'île des lotophages ; ils engagent souvent les apprentis écrivains à vivre de leurs textes, quitte à faminer quelque temps. Les hypocrites ! Hypocrisie gratuite, d'ailleurs, et qu'on a d'autant plus de mal à avaler lorsque ces prosélytes de la vache enragée arborent des vêtements de bon faiseur et dorment sur leurs deux oreilles avec des multi-contrats en vingt-cinq langues.

Les cours d'écriture de fiction sont une nécessité économique pour les écrivains de notre pays qui les font ; quant aux quelques étudiants qui en tirent un véritable profit, ils y trouvent des encouragements, et un gain de temps ; les écrivains, jeunes surtout, n'en ont jamais trop.

Non que je voie là une panacée : tous les écrivains ne veulent ni ne peuvent enseigner. Beaucoup de mes amis auteurs sont trop distants pour entretenir les contacts sociaux que cet emploi exige ; certains sont au supplice en présence de jeunes, et d'autres, bien plus nombreux, sont trop « écorchés vifs » pour supporter les aspects odieux de la politique d'une UFR d'anglais.

À Windham, lorsque j'étais à l'UFR d'anglais, précisément, il y avait un professeur en chaire qui avait proposé d'exclure des votes sur les programmes tout collègue qui n'aurait pas son doctorat. Or j'étais le seul collègue à ne pas avoir de doctorat. Je tentai de me défendre en disant que j'étais d'accord ; j'allai jusqu'à la flagornerie en concédant que le doctorat était une entreprise colossale. Je crus cependant juste de prévenir que j'étais sur le point de publier mon premier roman, ce qui, espérai-je, ne constituait pas une réussite moins estimable ; j'attendrais donc pour avoir le droit de vote que ce roman soit publié.

Je ne pus davantage cacher que j'avais l'intention d'écrire un deuxième roman, puis un troisième, et enfin, si je le pouvais, beaucoup d'autres, et que je comptais bien obtenir une voix de plus au chapitre par roman publié. À ma grande surprise, cette argumentation ne fut pas accueillie avec la bonne humeur qui l'avait animée. Mais la proposition du professeur en chaire – refuser le vote sur les programmes aux non-docteurs – fut battue de justesse.

Bien des écrivains de ma connaissance préfèrent besogner pour les magazines et les journaux plutôt que subir les lubies prétentieuses des universitaires. Personnellement, je me levais de bonne heure pour écrire – quand on a des enfants, ça aide. Mes séminaires avec mes étudiants étaient bien organisés, pendant les réunions de l'UFR je rêvassais, et puis j'entrais dans la salle de lutte, dans quelque fac que je sois, et là, j'oubliais tout pendant deux heures. Heureusement pour moi, cela signifiait que je ne devais me presser de finir mon texte pour personne. Et cela me dispensait de ces contacts avec le milieu universitaire qui sont parfaitement odieux à tant d'écrivains. Toute la question est là : en général, les auteurs sont obligés de vivre d'autre chose que de leur art, ce qui est pourtant leur plus vif désir. Et, par les temps qui courent, l'écriture ne nourrit pas mieux son homme – sauf quelques veinards, comme moi.

Mon premier roman

En 1968, on me versa un acompte de 7 500 dollars pour mon premier roman, que Random House publia l'année suivante. C'était Joe Fox mon directeur littéraire. Aujourd'hui qu'il l'est toujours, et toujours chez Random House, il me dit que l'avance moyenne accordée pour un premier roman « dont on attendrait ce qu'on attendait de *Liberté pour les ours !* » serait à l'heure actuelle de 12 500 dollars (mais Richard Seaver, qui est mon directeur littéraire chez Arcade, conteste ce chiffre. Il dit que la moyenne se situerait toujours autour de 7 500 dollars).

En 1968, avec une femme et un enfant, on pouvait tenir presque un an sur cette somme ; mais j'aurais alors subi l'urgence d'écrire un deuxième roman, et c'est ce que je voulais éviter. J'ai préféré garder mon boulot de prof et mon boulot d'entraîneur, et écrire mon deuxième roman – ainsi que mon troisième et mon quatrième – à mon rythme de croisière.

Croyez-moi, il était plus envisageable de vivre à trois sur une somme de 7 500 dollars en 1968 qu'aujourd'hui sur 12 500 dollars – à supposer bien sûr que le chiffre avancé par Joe Fox soit le bon. Quant au nombre d'exemplaires vendus pour *Liberté pour les ours !*, il se situe autour de 8 000 pour l'édition brochée – ce n'était pas si mal à l'époque, cela dépassait de loin mes espérances et celles de mon éditeur. De nos jours, le même type de roman serait tiré entre 7 500 et 10 000 exemplaires – avec cette différence, non négligeable, qu'aujourd'hui 8 000 exemplaires ne donneraient ni à l'auteur ni à l'éditeur la marge de sécurité qu'ils donnaient en 1969.

Près de dix ans plus tard, j'étais loin de me douter que *Le Monde selon Garp* allait me permettre de vivre de ma plume. Je n'enseigne plus l'écriture de fiction, et cela ne me manque pas : cela demande beaucoup de travail et beaucoup de temps. Mais c'était un métier honorable, qui en valait la peine, et où l'on se sentait utile aux étudiants, à quelques-uns du moins.

Lors d'une autre conversation, j'ai demandé à Mr. Fox s'il publierait encore *Liberté pour les ours !* aujourd'hui, à supposer que le manuscrit arrive sur son bureau, chez Random House. Il a hésité une seconde de trop avant de me répondre : « Mais, oui, enfin, c'est-à-dire… » Vous voulez mon avis ? Je crois qu'il voulait dire non.

Mes deux champions

Ici ou là, j'ai enseigné l'écriture pendant onze ans ; en revanche, j'ai continué d'être entraîneur de lutte longtemps après que *Le Monde selon Garp* m'eut libéré des contraintes financières. J'ai entraîné jusqu'en 1989, j'avais quarante-sept ans. Ce n'est pas seulement parce que je préfère le boulot d'entraîneur à celui de professeur ; parmi les nombreuses raisons qui m'y ont poussé, la plus importante est le succès dans ce sport de mes deux fils aînés. Ils ont été meilleurs lutteurs – et meilleurs athlètes – que moi ; les entraîner a compté bien davantage pour moi que mes modestes succès personnels dans la compétition.

Lorsqu'il était en terminale, en 1983, Colin, qui luttait à Northfield Mount Hermon, participa au tournoi annuel de Lehigh des écoles privées. Il était alors dans la catégorie des moins de soixante-huit kilos. La même année, à moins de soixante-quatorze kilos, il remporta également le titre de champion de la

Nouvelle-Angleterre première division ; juste retour des choses, il mit les épaules au tapis à un garçon d'Exeter lors de la finale. Il fut élu lutteur exceptionnel dans le tournoi de première division et reçut le trophée Ted-Seabrooke. Mon bonheur aurait été parfait si Ted avait encore été de ce monde pour voir ça. Il n'avait vu Colin lutter qu'une seule fois, à ses débuts. Et il m'avait dit d'emblée :

– Il a les bras bien plus longs que toi, il faudrait que tu lui fasses voir une prise bras-tête.

Lorsque Colin devint champion de première division et des All Americans, il avait pris l'habitude de mettre la moitié de ses adversaires épaules au tapis avec cette prise.

Avec son mètre quatre-vingt-huit, Colin était grand pour un poids moyen. À mon avis, malgré ses bonnes intentions, son entraîneur universitaire avait fait une erreur en le mettant à la musculation pour le faire passer dans la catégorie des moins de quatre-vingt-deux kilos. Car ce n'était pas qu'il était léger pour un poids lourd, mais grand pour un poids moyen. Aujourd'hui qu'il a trente ans, il ne met plus les pieds dans une salle d'haltérophilie ; il fait du VTT ; il est longiligne, avec soixante-dix-huit kilos.

Brendan, son cadet, était comme moi un poids léger. Mais contrairement à moi, qui mesure un mètre soixante-douze, taille « normale » pour un poids léger, avec son mètre quatre-vingts, Brendan paraît plus grand que sa taille. Colin et Brendan ont tous deux grandi dans les salles de lutte, ce qui n'a rien de bien étonnant, et rouler sur un tapis était devenu une seconde nature pour eux ; d'ailleurs, je me souviens que c'est sur un tapis que Brendan a appris à marcher. Contrairement à Colin, qui n'a pas fait de compétition avant la terminale, Brendan avait déjà remporté six titres en tournoi avant que sa carrière pré-universitaire ne commencât – il ne pesait que trente-six kilos quand il remporta son premier tournoi. Lorsqu'il se mit à lutter pour l'Institut du Vermont, ses camarades, et surtout ses entraîneurs de première division le tenaient à l'œil pour voir s'il serait à la hauteur de la réputation de son frère Colin. C'était lourd à porter pour Brendan, d'autant qu'il se blessait beaucoup plus facilement que son frère.

Brendan se classa troisième en première division dans le tournoi de Nouvelle-Angleterre lorsqu'il était en deuxième année à l'Institut du Vermont. C'était le dénouement heureux d'une saison qui ne l'avait pas été. Le tournoi eut lieu un mois après son opération du genou (déchirure du cartilage), et il avait raté l'essentiel de la saison 1987. En 1988, il fut sélectionné deuxième au tournoi en première division ; il avait fait une saison sans défaite dans les matchs amicaux, à deux exceptions près, où il avait déclaré forfait pour blessure. Puis, en demi-finale, il se blessa de nouveau le genou et fut battu par tombé par le garçon qu'il avait lui-même mis épaules au sol plus tôt dans la saison : cette blessure le contraignit à abandonner les championnats de première division, et, le même été, il se blessa une fois de plus, toujours au même genou, lors d'un stage de lutte à l'École navale d'Annapolis. Après quoi, il finit l'été en rééducation fonctionnelle.

L'année où il était junior, il perdit de justesse en finale de première division, face à un garçon qu'il avait battu sans difficulté lors des matchs amicaux. Il lui fallut attendre sa dernière année pour remporter le championnat de Nouvelle-Angleterre, première division. Cette dernière année s'annonçait pourtant mal. Une épaule démise et un tendon du rotateur déchiré l'éliminèrent du tournoi de Noël. Il était le capitaine de son équipe, mais il allait passer le meilleur de la saison sur le banc. Son épaule remise, il rentra en lice pour trois matchs, qu'il gagna tous trois – puis il lui fallut rester sur la touche trois semaines : mononucléose. Enfin, il se cassa une incisive.

La semaine qui précédait le tournoi de Nouvelle-Angleterre, Brendan lutta à Saint Paul College. Le représentant de l'école, qui était en train de perdre et subissait une prise bras-tête après l'autre, retourna deux doigts de la main droite de Brendan et les lui cassa au niveau de la première articulation. Selon la règle (on saisit tous les doigts ou aucun), Brendan remporta le match quoiqu'il ait dû déclarer forfait pour blessure. Mais le mal était fait ; les doigts n'eurent pas le temps de guérir avant le tournoi, et Brendan devrait lutter avec deux doigts fracturés.

Comme si la douleur physique ne suffisait pas, la mère du lutteur de Saint Paul contesta la décision de l'arbitre (Brendan avait été déclaré gagnant parce qu'il avait été blessé sur une prise irrégulière) en arguant que Brendan était déjà blessé en arrivant, puisqu'elle avait vu son doigt bandé. En effet, Brendan s'était écorché le doigt en grattant la neige sur son pare-brise ce matin-là, pour se rendre à la pesée. Je dus me retenir d'envoyer à cette femme une vidéocassette du match. Car non seulement le lutteur de Saint Paul avait cassé les doigts de Brendan, mais on voyait Brendan tenter de montrer de l'autre main ce qui se passait à l'arbitre, pour attirer son attention sur l'irrégularité, juste avant que le doigt ne casse. L'arbitre avait bien fait de siffler l'arrêt, mais il aurait dû anticiper ce qui allait se passer, et l'empêcher.

Compte tenu de la série de blessures de Brendan, et du petit nombre de matchs qu'il avait pu disputer, le comité de sélection eut tout à fait raison de le mettre en position cinq de la catégorie moins de soixante-deux kilos pour le tournoi de Nouvelle-Angleterre, première division. Dans cette même catégorie, il y avait sept autres lutteurs qui avaient remporté des titres. Moi qui étais son entraîneur – j'étais entraîneur-assistant à l'Institut cette saison-là, et l'entraîneur principal de Brendan depuis deux saisons –, j'avais bien pensé le faire passer dans la catégorie des moins de soixante-huit : les saisons précédentes, il avait vaincu par tombé les deux meilleurs lutteurs finalistes dans cette catégorie. En 1989, pour la première division, moins de soixante-huit était une catégorie plus faible que moins de soixante-deux. Mais Brendan, qui était têtu comme une mule – tout petit, déjà –, soutenait que sa place était avec les moins de soixante-deux ; aucun lutteur ne veut jamais passer dans la catégorie supérieure, du reste.

Cette année-là, le tournoi avait lieu à Exeter, au nouveau gymnase, où je n'avais jamais lutté. Je me demande bien ce que l'ancienne fosse est devenue, à présent. J'avais une bonne équipe. Nous devions finir troisièmes par équipes de première division, derrière Deerfield et Exeter, qui étaient des établissements bien plus importants. J'envoyai trois lutteurs en finale, deux gagnèrent, dont mon fils Brendan. Il vainquit par tombé le quatrième sélectionné de Northfield Mount Hermon en quart de finale, le numéro un de Hyde en demi-finale et le numéro deux de Worcester en finale ; entre les séries, il lui fallait plonger ses doigts fracturés dans la glace parce qu'ils s'étaient recassés au cours de la demi-finale.

Tom Williams, qui mourut d'un cancer trois ans plus tard, assista au tournoi. Colin aussi, et ma femme Janet, qui n'avait pas raté un match de Brendan depuis deux ans. À l'époque, je trouvais qu'elle mitraillait un peu trop, mais, le temps passant, je lui suis reconnaissant de la moindre photo. Ma mère avait fait le voyage depuis la Floride. Mon vieux coéquipier d'Exeter, Charles C. Krulak, dit La Brute – pardon, le général Krulak –, ne manquait pas à l'appel. Il avait vu Brendan remporter le tournoi de la Région des Lacs, qu'on appelle aujourd'hui le tournoi du Nord de la Nouvelle-Angleterre, l'année précédente. Il lui avait promis de venir le voir lutter en première division à la seule condition qu'il s'engageât à gagner le tournoi. Brendan avait promis. Brendan avait tenu. Pour être honnête, je n'avais jamais douté qu'il en eût les capacités, mais il était en si piteux état que je ne croyais plus qu'il gagnerait.

J'avais passé tellement d'heures de ma vie dans des tournois, et tellement davantage dans les salles. Après Exeter et Pittsburgh, il y avait eu l'Iowa et Windham ; puis des heures à Amherst College, et à la Buckingham Browne & Nichols School ; à Harvard, au New York Athletic Club ; à Northfield Mount Hermon, à l'Institut du Vermont. En terminant à Exeter, la boucle était bouclée. Je savais que j'irais faire une incursion dans les salles, de temps en temps, et que je mettrais les chaussures, ne serait-ce que pour rouler sur les tapis avec Colin ou Brendan, ou un ancien lutteur de ma génération. Mais tout de même, ma vie de lutteur-entraîneur s'arrêtait là.

Je mis mes gars de l'Institut dans le car avec mon coéquipier, Mike Kennelly, et je demandai à ce dernier ainsi qu'à toute l'équipe de ne pas m'en vouloir si je ne prenais pas le car avec eux pour la dernière fois. Je voulais rentrer dans le Vermont avec Brendan et Colin, dans la voiture de celui-ci. La route était longue ; alors que nous étions encore dans le New Hampshire, Colin prit une contravention pour excès de vitesse, quelques minutes après nous avoir doctement vanté son infaillible détecteur de radars tout neuf. Mais nous étions d'humeur à en rire. Brendan, comme son frère avant lui, venait de remporter le championnat de Nouvelle-Angleterre en première division. C'était le plus beau soir de ma vie.

Ma dernière pesée

Il est vrai que je pourrais nourrir de la mélancolie, regretter que ma carrière de lutteur ne se soit pas terminée aussi brillamment, à beaucoup près, que ma carrière d'entraîneur. Pourtant, je suis convaincu d'avoir de la chance, au contraire. J'ai toujours eu plus de plaisir par enfant interposé qu'à titre personnel. Mes enfants, je les aime et j'en profite ; j'essaie de ne pas les pousser à faire les choses ; la pression, je me la réserve.

En 1976, j'étais en plein dans *Le Monde selon Garp,* et j'avais du mal à m'en sortir ; je tenais non pas un mais trois premiers chapitres possibles et ne parvenais pas à décider qui, de Garp ou de sa mère, allait être le personnage principal. J'avais postulé une bourse Guggenheim sans y compter, ayant déjà essuyé une déconvenue. J'enseignais à Mount Holyoke, une université de filles située à South Hadley, dans le Massachusetts, et je m'entraînais dans la salle de lutte de Amherst College.

L'entraîneur qui s'en occupait s'appelait Henry Littlefield. C'était un poids lourd ; tout était princier chez lui. Mieux que disert, il était éloquent ; mieux que facile à vivre, jovial. C'était un être rare, un homme de la Renaissance parmi les entraîneurs. Grâce à lui, il régnait dans la salle une pugnacité bon enfant, alliage idéal autant qu'exceptionnel.

Moi, j'habitais un logement réservé aux professeurs sur le campus, en lisière des terrains de sport. Autant dire que Colin et Brendan avaient une belle « aire de jeux », et toute la piscine pour nager. J'avais réparti mes heures d'enseignement de façon à pouvoir courir ou faire de la musculation au gymnase tous les matins ; j'écrivais une heure ou deux vers midi, et de nouveau en fin de soirée, lorsque les enfants étaient couchés. L'après-midi, je prenais ma voiture et j'allais m'entraîner à Amherst ; souvent, j'emmenais Colin ; il fêta ses onze ans cette saison-là.

Moi, je pesais soixante-douze kilos en début de saison. Je savais qu'il y aurait un tournoi ouvert d'arrière-saison à Springfield College, et j'avais l'intention d'y participer dans les moins de soixante-deux kilos. J'avais trente-quatre ans, je ne perdais pas les kilos aussi facilement que plus jeune. Au bout de trois mois, j'arrivais sans difficulté à ne pas dépasser soixante-cinq. Le reste, comme les lutteurs le disent volontiers, ce n'était que de l'eau. C'est d'ailleurs tout ce que je bus ces quelques mois-là.

Au petit déjeuner, je mangeais un demi-pamplemousse avec une cuillerée à café de miel, plus une pomme ou une banane, en principe. Au déjeuner, un bol de céréales avec une cuillerée à café de sirop d'érable ; au dîner, du poisson à la vapeur et des légumes – à volonté, les légumes.

La semaine précédant le tournoi, j'étais resté à soixante-trois, mais impossible de descendre sous la barre des soixante-deux – c'était l'« eau ». C'est alors que je tombai malade ; une bronchite. Avec ce que j'avais dans le ventre, comment supporter les antibiotiques ? Le docteur m'expliqua que j'avais deux solutions : manger pour me refaire l'estomac, ou dire adieu aux antibiotiques ; dire adieu aux antibiotiques, je n'en avais pas les moyens, je n'aurais pas pu lutter avec une bronchite. Je tentai d'apaiser mon estomac en mangeant un peu de yaourt ou en buvant du lait écrémé. Je récupérai en effet ; seulement, en deux jours, j'étais revenu à soixante-quatre. Il me serait donc impossible d'entrer dans la catégorie des moins de soixante-deux, même si elle m'était la plus favorable. La catégorie suivante était celle des moins de soixante-huit. J'augmentai donc mes rations de céréales et ajoutai du riz aux légumes, le soir.

À Springfield, je pesais soixante-cinq kilos tout habillé et après avoir absorbé un petit déjeuner, alors que mes concurrents se pesaient nus comme des vers et soufflaient tout l'air qu'ils avaient dans les poumons avant de monter sur la balance. J'essayai de ne pas remarquer comme ils étaient costauds. J'étais à l'infirmerie, à me faire mettre du sparadrap ; toute la saison, mon auriculaire s'était déboîté au niveau de la première phalange. Colin faisait grise mine. Il commençait tout juste à s'intéresser à la lutte ; il ne perdait pas un détail de cette pesée.

– À quoi tu penses, Colin ? lui demandai-je.

– T'as l'air d'un poids plume, papa, me répondit-il.

Il ne m'était jamais venu à l'esprit que j'allais participer là à mon dernier tournoi ; j'espérais seulement gagner un match ou deux, et peut-être me classer. Je n'avais pas réfléchi que Colin pourrait trouver pénible de me voir perdre. Pour Brendan, qui n'avait que six ans, me regarder lutter, que je perde ou que je gagne, ne voulait pas dire grand-chose. Mais Colin était assez grand pour comprendre que perdre un combat était bien autre chose pour moi que perdre deux sets de tennis face à un ami, le week-end.

Pour la première série, je tombai face à un cinglé. « On exagère l'importance du talent », se plaisait à dire Ted Seabrooke. Ce type en avait, des dons, et il était très dangereux ; seulement, il n'était pas bien malin. Pendant la première période, je fus circonspect à l'excès ; je tentai deux projections dont j'étais sûr parce que je redoutais la ceinture en souplesse que le type avait l'air d'affectionner en position dessous ; toujours est-il que j'eus l'avantage aux points.

C'était en position dessus que le type était le plus dangereux. Ses jambes étaient son atout. Je menais six à trois, mais j'avais frôlé la chute, ce qui ramena la marque à six-six, et j'étais toujours en dessous. Au coup de sifflet, le gars engagea sa jambe pour tenter un retournement, mais, cette fois-là, je lui enfonçai la tête dans le tapis avant qu'il ait eu le temps de me bloquer le bras opposé ; c'était une défense classique. Ted Seabrooke m'avait prévenu qu'elle ne fonctionnerait pas face à un adversaire ayant un bon jeu de jambes ; mais ce n'était pas le cas, ce type était négligent.

Je crus d'abord l'avoir sonné, mais il ne lui fallut que quarante-cinq secondes d'arrêt clinique pour s'éclaircir les idées. Il m'en voulait. C'est idiot d'en vouloir à son adversaire quand on lutte ; et puis, ma défense était tout à fait régulière – une prise à la Ted Seabrooke, pas une prise à la Cliff Gallagher.

L'arbitre avait sifflé l'arrêt pour blessure sans m'accorder de point ; la marque était donc toujours de six à six, et j'étais toujours dessous. Au coup de sifflet, le Doué-Débile repasse sa jambe ; de nouveau, je lui visse la tête dans le tapis en me protégeant le bras opposé. Cette fois, il lui fallut une minute pour retrouver ses esprits ; il avait donc épuisé son temps de récupération, et je gagnai par forfait. Je voyais qu'il était toujours en rogne. Il se disait qu'il aurait gagné le match si je n'avais pas passé mon temps à lui cogner la tête dans le tapis.

C'est d'ailleurs très possible ; il m'avait l'air infatigable (mais crétin). Ce cinglé me dit donc qu'il espérait bien me revoir lors des matchs de classement. Si je perdais d'ici à la finale, je retomberais en effet sur les listes de consolation ; et si, de son côté, il gagnait tous ses matchs de consolation, nous nous retrouverions bel et bien ; j'espérais que non.

(« Ça n'existe pas, les demi-retournements, me disait souvent Ted Seabrooke. Si tu passes la jambe, il faut que tu attrapes autre chose, sauf si tu tiens à te faire enfoncer la tête dans le tapis. »)

Dans les vestiaires, le cinglé qui devait tenir une bonne migraine claquait les portes des casiers et donnait des coups de pied dans les bancs. J'essayai de passer au large, mais il me suivit à l'infirmerie où il fallait que je me fasse refaire mon pansement au petit doigt.

– J'aime pas qu'on me baise la gueule ! me lança le passeur de jambe.

Je me sentis vieux, plus entraîneur que lutteur. Citant Ted Seabrooke, je lui expliquai :

– Si tu envoies la jambe, tu as intérêt à attraper autre chose, ou alors c'est que tu veux te faire enfoncer la tête dans le tapis.

– Je t'emmerde ! brailla mon cinglé. (C'était malin : du même niveau que de tenter un demi-retournement.)

Heureusement que Colin était dans les tribunes, avec Brendan. Don Hendrie y était aussi, avec ses enfants. Mon pansement refait, je retournai dans le gymnase où les tapis étaient déroulés. Parmi les participants, il y avait deux lutteurs de Amherst ; je suivis leurs matchs, toute la journée chacun fit l'entraîneur à son tour pour les autres.

Dans ma catégorie, le jeune le plus coriace venait de l'École des garde-côtes ; il était très rapide sur ses jambes, et ses projections préférées étaient des hanchés. Or ma meilleure défense était inefficace contre ces prises-là. Je savais qu'il me donnerait du mal ; mais je commis l'erreur de m'obnubiler sur les programmes et sur mon combat avec lui ; je ne prêtai pas attention à mon adversaire de la série suivante.

C'était un type de l'armée. Il m'apprit par la suite qu'il avait été stationné en Allemagne et qu'il y avait disputé de nombreux matchs en gréco-romaine. Pour le moment, je crus comprendre qu'il était stationné quelque part dans le New Jersey. J'étais préoccupé par la perspective d'affronter le garde-côte, erreur de concentration, indice supplémentaire qu'il était temps d'arrêter la compétition. Je me laissai avoir sur une ou deux projections que j'aurais pu éviter au cours de la première période. Je n'avais que trois points de retard sur mon adversaire durant la deuxième, mais je paniquai trop tôt et tentai une projection sans avoir assuré ma posture ; il me contra et je me retrouvai sur le dos. Lorsque je dus me battre dans cette position, j'avais accumulé un retard de sept points. Cette fois, il y avait bien de quoi paniquer. Je réussis un dégagement avant la fin de la période, mais je n'eus pas le temps de faire une projection avant le gong ; en début de troisième période, il me restait donc six points de retard. Je réussis une autre échappée, une autre projection, et il reçut un point de pénalité pour passivité. Au cours de cette dernière période, je le surpassai et récupérai un point, mais je me fis l'effet d'être un poids plume qui essaie de chevaucher un poids moyen ; il était trop costaud pour que j'arrive à le retourner. Je perdis à un point. C'était un score honorable, mais j'avais renoncé à me battre dès la première période. « Erreurs mentales », m'aurait dit Ted Seabrooke.

Je dégringolai donc dans le tableau de gauche dès mon premier match. J'avais marqué avec une attaque rapide en première période et je menais deux à un parce que le gars avait réussi un dégagement après ma projection. Puis je me fis surprendre par une jolie ceinture en souplesse, une saisie de corps avec poussée vers le centre du tapis. Je me retrouvai épaules au sol avant d'avoir repris ma respiration. Lorsque j'arrivai à l'infirmerie pour me faire refaire mon pansement, je m'aperçus que mon auriculaire gauche saillait à quatre-vingt-dix degrés. Il avait encore sauté au niveau de la première phalange, mais je n'avais aucun souvenir de la façon dont ça s'était produit. Le panseur me le rebouta.

J'étais assis sur la table de soins, la main gauche

dans la glace, lorsque mon adversaire de la deuxième série, le type qui avait été stationné en Allemagne et se trouvait aujourd'hui dans le New Jersey, entra dans la salle pour se mettre de la glace sur le cou. Il s'était colleté avec le garde-côte en demi-finale et il avait perdu ; il voulut en savoir davantage sur le gars qui venait de me battre par tombé ; je lui dis qu'il était de Springfield College et qu'il fallait se méfier de sa saisie de corps avec poussée vers le centre du tapis.

Je ne me rendais toujours pas compte que c'était mon dernier tournoi ; je ne me sentais pas mal du tout, même si je m'en voulais de m'être laissé mettre les épaules au tapis. Puis, le gars de l'armée et moi, on se serra la main, je lui souhaitai bonne chance pour la suite ; moi, puisque j'étais éliminé et que j'avais amené mes enfants, je me disais qu'il était temps de les rapatrier. J'avais envie d'une bière, et de bâfrer tout ce que mon estomac atrophié pourrait contenir.

En me quittant, le type de l'armée me dit : « Ça a été un beau match, m'sieur. »

Et voilà. Voilà tout. Il ne l'avait pas dit pour me faire de la peine. Mais le mal était fait. Il pouvait avoir vingt-quatre ans, j'en avais trente-quatre, et il m'appelait « m'sieur ». Je me sentis plus vieux à l'époque que maintenant, avec mes cinquante-trois ans. Je me fis l'effet d'être un vieillard. Il était temps de décrocher, et de passer de l'autre côté du tapis.

Plus tard, je téléphonai à Ted Seabrooke (il ne lui restait plus que quatre ans à vivre ; c'est vrai qu'il avait été malade, mais j'étais loin de me douter de la gravité de son état ; je ne crois pas qu'il en ait eu idée non plus, d'ailleurs). Je lui donnai le résultat du tournoi et lui dis mon intention d'arrêter la compétition.

Je lui racontai le coup du « m'sieur ».

– Johnny, Johnny, me dit Ted, s'il est dans l'armée, ce gars, il appelle tout le monde « m'sieur ».

Incroyable, je n'y avais pas pensé ! Le mal était fait tout de même.

J'avais donc vécu ma dernière pesée. Une semaine seulement avant le tournoi, je pesais soixante-trois kilos ; j'en pesais soixante-cinq au tournoi, tout habillé. Le même printemps 1976, je me pesai après le repas de Pâques : soixante-quatorze kilos, mon poids« normal » (j'en pèse aujourd'hui soixante-quinze).

Douze jours après que Brendan eut remporté son championnat de première division, à soixante kilos, nous nous trouvions dans une salle de gym à Anguilla, aux Antilles. Moi je pédalais sur le vélo, et lui faisait l'imbécile avec le tourniquet : il le lançait à toute vitesse et il essayait de sauter dessus et de s'y maintenir. Il y avait des balances dans le vestiaire ; comme nous sortions nous baigner, Brendan se déshabilla et se pesa. En douze jours, il était passé de cinquante-neuf kilos et demi à soixante-sept. C'était il y a six ans. Mais, pas plus tard qu'hier, j'appelai Brendan chez lui, dans le Colorado.

– Combien tu pèses ? lui demandai-je (sempiternelle question chez les lutteurs).

Il y eut un silence ; Brendan était allé se peser ; depuis le Vermont, j'entendais le procès d'O.J. Simpson sur CNN, dans le Colorado. Puis Brendan reprit l'appareil.

– Soixante-sept, annonça-t-il.

À l'heure où j'écris, Everett, mon troisième fils, qui est né à Rutland, dans le Vermont, en octobre 1991, a trois ans et demi. Il pèse treize kilos. J'observe qu'il est grand pour son âge, et légèrement au-dessous de la moyenne quant au poids. En proportion avec son corps, il semble avoir de grandes mains. Si je devais faire un pronostic, disons que je le verrais assez en poids moyen.

Humain, rien qu'humain

Mon rapport à la lutte a été mal compris, par mes amis eux-mêmes. Ainsi, du temps que nous enseignions tous deux dans l'Iowa, j'avais pour ami John Cheever. Il raffolait de la cuisine italienne et moi aussi ; le lundi soir, il venait chez moi et nous regardions le football à la télévision en mangeant un plat de pâtes. Il a un jour écrit dans une lettre à Allan Gurganus : « Je suis frappé de voir à quel point John a été attristé de découvrir que l'honneur d'être capitaine de l'équipe de lutte d'Exeter était un honneur éphémère. »

Mr. Cheever était un homme qui voyait très juste, et sur plus d'un point. Il m'avait un jour mis en garde contre mon habitude de décrire les ébats et les agapes de mes personnages ; une faiblesse, d'après lui, ces choses étant d'autant plus délectables qu'on reste dans l'ellipse. Pourtant, il se trompait sur la cause de ma « tristesse » ; je n'ai jamais trouvé éphémères les honneurs de la lutte. Bien après avoir cessé la compétition, et même l'entraînement des jeunes, la discipline m'est restée. (Mon expérience de la lutte se compose d'un huitième de talent et de sept huitièmes de discipline. Je crois que mon expérience de l'écriture respecte la même proportion.)

Je ne me plaindrai pas davantage de toutes les opérations que la lutte m'a occasionnées – les deux genoux, le coude droit, l'épaule gauche. De ces quatre interventions, seule celle sur l'épaule était sérieuse ; on ne plaisante pas avec un tendon de rotateur. Mais les circonstances qui ont entraîné ces opérations me sont un honneur durable, et non pas éphémère. Lorsque je me suis blessé le genou pour la première fois (déchirure du cartilage), je faisais l'imbécile avec J. Robinson dans la salle d'échauffement du Meadowlands Arena, entre deux séries du tournoi NCAA, en 1984 ; j'ai eu une élongation de l'autre genou en luttant contre un camarade de Brendan en 1988 à l'Institut du Vermont ; c'est un brave garçon qui s'appelle Joe Black et qui a été trois fois champion de Nouvelle-Angleterre en première division, à soixante-douze et soixante-seize kilos. Entre ces deux opérations du genou, j'ai eu une élongation du coude au New York Athletic Club – en m'entraînant avec Colin. Mon épaule a fini par me lâcher tout à fait après une multitude de déchirures et de claquages.

Ce qui a achevé de détacher le tendon de l'humérus n'est d'ailleurs pas un accident de lutte : je suis tombé d'un toboggan avec Everett dans mes bras. Il avait deux ans ; j'ai essayé de le protéger au lieu de lui atterrir dessus, si bien que j'ai atterri sur ma mauvaise épaule, et lui sur ma poitrine, indemne. Si Ted Seabrooke avait été là, il n'aurait pas manqué de me rappeler que mes roulés-boulés avaient toujours été meilleurs du côté gauche que du côté droit.

Je suis tout à fait convaincu que la lutte m'a appris davantage que les ateliers d'écriture. Écrire bien, c'est réécrire ; de même, bien lutter est affaire de récurrence ; on répète le mouvement inlassablement, jusqu'à ce qu'il devienne une seconde nature. Je ne me suis jamais vu comme un écrivain-« né », pas plus que comme un athlète « naturel », ni même un bon athlète, d'ailleurs. En revanche, je sais réécrire. Je n'arrive jamais à ce que je veux du premier coup, je ne sais que réviser, encore et toujours.

Continuer d'entraîner les jeunes quand le besoin financier ne s'en faisait plus sentir ne m'a pas été une contrainte. Ça prend infiniment moins de temps que les cours d'écriture. Au niveau des lycées privés, où je me suis trouvé le plus souvent comme entraîneur, il y a une saison de lutte ; d'autre part, les heures que je passais en salle et celles que je passais en déplacements avec l'équipe n'ont jamais rien retiré à mon activité d'écrivain ; au contraire, en luttant, j'échappais à la tension de l'écriture ; c'était une soupape de sécurité. Alors que parler de l'écriture comme il faut le faire quand on l'enseigne mobilise la plupart des muscles nécessaires à son œuvre personnelle.

Enfin, il est entré un élément nouveau dans le monde de l'entraîneur, et ce quel que soit le sport. Cet élément nouveau, outil incomparable, c'est la vidéocassette. Son équivalent reste à créer pour les ateliers d'écriture, à ma connaissance. Je prends un exemple : mon quatre-vingt-quatre kilos quitte le tapis, démoralisé ; une fois de plus, il vient de perdre, et une fois de plus pour la même raison : lorsqu'il tente une échappée en position dessous, ses coudes battent l'air à trente centimètres de sa cage thoracique ; son adversaire n'a donc aucun mal à le ceinturer et lui faire manger la poussière. Je lui fais remarquer, comme toujours, qu'un objet aussi large que sa tête aurait pu passer entre ses côtes et ses coudes lors de sa faible tentative de redressement, et il me soutient : « Non, m'sieur, ils étaient collés au corps, mes coudes ; il leur a fait un truc. »

Seulement voilà, le lendemain, on visionne le match, et devant ses camarades goguenards, je lui montre l'étendue de sa tentative pathétique (ses coudes battant l'air comme les ailes rognées d'un poulet). Je passe la bande au ralenti ; je rembobine ; je repasse au ralenti ; les dernières années, je pouvais même faire un arrêt sur image. C'est la fin des discussions (jusqu'à ce qu'il réédite son erreur, bien entendu). J'ai un argument massue, la caméra était ma critique.

En atelier d'écriture, pas d'argument massue. Il n'est pas rare que l'étudiant qui vient de commettre une histoire effroyablement bancale soit soutenu, voire adulé par ses pairs. Le professeur ne triomphe pas souvent. Vous dites : « Lorsque le père tombe raide mort avec une pomme dans la bouche au moment où il urinait sur la voiture de sa belle-mère, eh bien, euh… je ne visualise pas bien. » Et crac, l'étudiante fond en larmes et révèle que c'est exactement ce qui est arrivé à son père, au détail près. Il faut donc expliquer pour la énième fois sans pour autant convaincre que le vrai n'est pas toujours vraisemblable ; et que, pour être crédible, il ne suffit pas qu'une histoire ait eu lieu. L'incroyable mais vrai existe, et, pour tout dire, l'imagination a le pouvoir de choisir des détails plus plausibles que ceux que nous livre la mémoire.

Ce qui ne veut pas dire que les premiers efforts des écrivains en herbe pour se libérer de l'autobiographique soient fructueux.

Dans l'Iowa, j'avais un étudiant – brillant élève, au demeurant, il fit une thèse sur un sujet que je ne saurais ni prononcer ni orthographier – qui écrivit un jour une nouvelle limpide et maîtrisée, récit d'un dîner du point de vue de la fourchette de l'hôtesse.

Si l'idée vous fascine, ma cause est perdue d'avance. De fait, les camarades du jeune écrivain firent un triomphe à cette nouvelle ainsi qu'à son génial auteur ; ma froideur, que je ne sus déguiser, leur parut insultante et pour lui et pour eux tous par extension. À une exception près, pourtant. Je reçus le soutien fort inattendu d'un des éléments les plus discrets de la classe. C'était un Indien du Kerala, chrétien fervent ; son accent et la structure insolite de ses phrases lui attiraient le mépris de ses camarades ; on croyait son anglais laborieux, alors que c'était sa langue maternelle. Il le parlait et l'écrivait d'ailleurs très bien, mais, comme je l'ai dit, son accent et jusqu'aux cadences de ses phrases, même écrites, faisaient qu'on ne le prenait pas au sérieux.

La tornade, l'océan de louanges dithyrambiques qui déferla sur l'histoire de la fourchette noyait mes « oui mais euh… » et c'est alors qu'on entendit l'Indien chrétien du Kerala objecter : « Je suis désolé, mais cette histoire me bouleverserait peut-être si j'étais une fourchette ; seulement, hélas ! je ne suis qu'un être humain. »

Ce jour-là, et jusqu'à la fin de l'année peut-être, il aurait dû prendre ma place, j'aurais dû m'occuper de lui en toute exclusivité.

Il n'écrit plus aujourd'hui, sinon, fidèlement, une carte de Noël qui me parvient d'Inde, où il est médecin. Sous les vœux traditionnels, et la photographie de sa famille qui s'accroît d'année en année, il écrit d'une main sûre et lisible : « Humain, rien qu'humain, toujours. »

Sur mes cartes de Noël, je réponds : « Pas encore promu fourchette. »

(Voici ce que je disais à mes étudiants de l'Atelier : ce qu'il y a de fabuleux, et d'angoissant, dans cette première feuille de papier vierge qui attend votre première phrase, c'est que votre réputation, ou votre absence de réputation, la laisse de marbre ; elle n'a pas lu votre œuvre précédente ; elle ne fait pas de comparaison avec celui de vos premiers romans qu'elle a préféré ; elle ne se moque pas de vos échecs passés. Voilà ce qu'il y a de si parfaitement exaltant et terrifiant dans chaque commencement, au premier texte comme au dernier. C'est l'instant où le maître le plus expérimenté redevient élève.)

Mais, demandez-vous, et le chantre de la fourchette, qu'est-il devenu ? Je crois qu'il vit à Boston. Ce qui est plus important, c'est qu'il y est écrivain, qu'il publie des romans, et des bons ! J'ai beaucoup admiré son premier livre, où j'ai découvert non sans soulagement que tous les personnages étaient humains ; il n'y avait pas un seul couvert parmi eux.

Hélas ! ces souvenirs le plus souvent agréables ne doivent pas faire oublier que j'ai dû jouer les Nelson Algren auprès de plus d'un étudiant. J'ai dû blesser l'amour-propre de jeunes gens plus sérieux et plus doués que je ne le croyais. Mais de même que Mr. Algren ne m'a pas fait de tort, malgré ses commentaires acides et selon moi injustes, je veux croire que je n'ai pas porté tort aux vrais auteurs ; il faut que les vrais auteurs s'habituent à être incompris.

Lorsque cela m'arrive, je me remémore les paroles de Ted Seabrooke : « Tu n'es pas très doué, et alors ? Pas une raison pour abandonner. »

Notes de l'auteur

Dans ces Mémoires, certaines pages proviennent d'une lettre à John Baker, éditorialiste et rédacteur en chef du *Publisher's Weekly ;* John a publié des extraits de cette lettre dans un article qu'il a écrit lui-même pour le magazine (daté du 5 juin 1995). Quant aux souvenirs que j'ai de Don Hendrie, ils sont parus pour partie dans un article nécrologique pour l'*Exeter Bulletin* de l'automne 1995. Enfin, un extrait de *La Petite Amie imaginaire* est paru dans le numéro d'automne du *New Yorker* (1995).

Je suis reconnaissant à Deborah Garrison, du *New Yorker,* ainsi qu'à ma femme Janet d'avoir bien voulu lire en professionnelles une première version de ce manuscrit, qui s'intitulait *Mentors* et ne contenait, si incroyable que cela puisse paraître, qu'une dizaine de pages sur la lutte. Deb et Janet me sautèrent dessus en chœur : « Non, mais tu plaisantes ? Et la lutte, alors ? »

À l'origine de ces Mémoires, mon opération de l'épaule, une semaine avant Noël 1994. J'étais loin de me douter du nombre d'heures quotidiennes qu'il faudrait consacrer à la rééducation, et sur combien de mois ; je m'attendais à une convalescence plus rapide. Je savais qu'il faudrait scier un bout d'apophyse dans la zone acromio-claviculaire, je savais que j'avais le tendon déchiré. Ce que je ne savais pas, c'est qu'il avait carrément sauté ; le chirurgien non plus n'en savait rien, avant d'ouvrir.

Avec quatre heures de rééducation quotidiennes, pendant quatre mois, le moment paraissait mal choisi pour commencer un nouveau roman. Je comptais m'y mettre au lendemain de Noël, j'avais pris cent pages de notes préliminaires, et je tenais une première phrase « tout juste passable », mais cette rééducation ne me laissait pas assez disponible.

Un jour de janvier 1995, j'avais envahi le bureau de ma femme ; je fourrais mon nez dans la pile de manuscrits qu'on trouve toujours en lecture chez les agents littéraires ; bref, je cassais copieusement les pieds à Janet et à son assistante. On venait de me retirer mes fils ; je commençais tout juste la rééducation ; je portais encore le bras en écharpe et je m'ennuyais.

Janet ne supporte pas que je traîne dans son bureau.

– Si tu débarrassais le plancher, non ? Va donc écrire un roman, me lança-t-elle.

Je pris ma voix la plus pitoyable pour répondre :

– Mais comment veux-tu que j'écrive un roman avec un seul bras valide et quatre heures de rééducation par jour ?

– Eh bien alors, écris… des Mémoires, je ne sais pas, moi. Mais débarrasse le plancher.

Je me fixai pour but d'écrire cent pages d'autobiographie en quatre mois. Il m'en fallut cinq, et le manuscrit achevé comptait cent une pages, sans les photos.

Si bien que, l'hiver 1995 – et chez nous avril compte parmi les mois d'hiver – fut un hiver de convalescence. Je commençais la matinée par la visite de la kinésithérapeute ; elle « manipulait » mon épaule et me prescrivait les exercices d'assouplissement et les poids à soulever pour l'après-midi. J'écrivais ces Mémoires en milieu de journée ; en fin d'après-midi ou en début de soirée, j'allais dans ma salle de lutte et je suivais le programme de la kinésithérapeute.

Que je vous explique : « ma » salle de lutte est à moins de dix mètres de mon bureau, dans ma maison du Vermont. Entre le bureau et la salle, il y a un petit vestiaire : toilettes, trois lavabos, deux douches, un sauna. Mon tapis fait la grandeur de la zone intérieure d'un tapis réglementaire. Sur des patères, au bout de la pièce, il y a une douzaine de cordes à sauter de longueur variable ; à l'autre bout, c'est l'espace de musculation, avec deux bancs et deux rangées d'haltères. Il y a aussi un vélo d'appartement et un tourniquet, ainsi que de nombreuses étagères avec des coudières, des genouillères, des casques, des rouleaux de sparadrap – et environ une douzaine de paires de chaussures de lutte, dans un éventail de pointures assez restreint, puisque Brendan a les pieds un peu plus grands que moi, et Colin les pieds un peu plus grands que Brendan.

Sur les murs, il y a un peu plus de trois cents photographies ; pas beaucoup de moi, et moins encore d'Everett ; d'ailleurs, la place va manquer pour les photos d'Everett, qui, je suppose, viendront. La plupart des clichés représentent Colin et Brendan, ainsi que les listes des concurrents aux tournois qu'ils ont gagnés. Il y a douze médailles, cinq trophées et une plaque ; seule la plaque me revient. Je n'ai jamais remporté de médaille ni de trophée, parce que je n'ai jamais gagné de tournoi de lutte.

Quant à cette plaque, je ne l'ai pas vraiment gagnée non plus. En 1992, le National Wrestling Hall of Fame, de Stillwater, Oklahoma, m'a choisi parmi les dix membres de son banc d'Américains d'exception. Ces Américains n'étaient pas des lutteurs d'exception, à quelques-uns près ; mais nous avons tous été choisis pour nous être distingués dans un domaine ou un autre, et pour avoir lutté, chacun à sa façon.

Je suis honoré de faire partie du National Wrestling Hall of Fame, quoique je sois embarrassé d'y être entré par la petite porte – c'est-à-dire pour ma réussite ailleurs que dans la compétition ou l'entraînement. Je vis comme un privilège d'avoir partagé la salle de lutte de certains lutteurs et entraîneurs du Hall of Fame : George Martin, Dave McCuskey, Rex Peery, Dan Gable.

Vous serez peut-être surpris d'apprendre les noms de deux autres Américains d'exception que le National Hall of Fame a distingués : Kirk Douglas et le général H. Norman Schwarzkopf. Mais, curieusement, à l'heure où j'écris, Ken Kesey, romancier lui aussi, ne compte pas encore au nombre des élus ; pourtant, ses « états de service » dans la lutte sont bien plus impressionnants que les miens. Il est toujours parmi les dix meilleurs lutteurs de l'université de l'Oregon, d'où il est sorti en 1957 sur une longue série de victoires. Et en 1982, à l'âge de quarante-sept ans, il a remporté les championnats du AAU Masters pour les moins de quatre-vingt-dix kilos.

À mon avis, dès que le Sénat aura confirmé la quatrième

étoile du général Charles C. Krulak, dit « La Brute », nouveau commandant en chef des Marines, et qu'il comptera officiellement parmi le comité des chefs d'état-major, on le verra lui aussi entrer chez les Américains d'exception du Wrestling Hall of Fame, à Stillwater. Ce petit bonhomme que le *New York Times* décrivait comme un « monsieur 100 000 volts » pesait cinquante-quatre kilos à Exeter et cinquante-cinq à l'École navale. Il a été placé à la tête d'une section puis d'une compagnie dans deux tours de service au Vietnam ; plus tard, il a dirigé l'école anti-guérilla à Okinawa. Ensuite, il a été responsable des opérations du corps de Marines à Quantico, en Virginie. Juste avant que le président Clinton ne le nommât commandant des Marines, il commandait quatre-vingt-deux mille marines et six cents appareils de combat dans le Pacifique. (Si une guerre avait éclaté en Corée ou dans le Golfe, c'est lui qui aurait commandé tous les Marines.) Mais, si, comme je le crois, il entre au National Wrestling Hall of Fame, il aura sans doute lui aussi l'impression qu'il n'a pas mérité un tel honneur.

C'est ainsi que ma plaque du National Wrestling Hall of Fame occupe l'extrémité d'une étagère dans ma salle de lutte ; elle s'y fait toute petite, comme si elle était usurpée, à côté de la quincaillerie et des rubans remportés par Colin et Brendan au prix fort. Si je prends la peine de vous décrire ma salle de lutte par le menu, et de vous dire combien elle est proche de mon bureau, c'est que je voudrais que vous compreniez que, dans ma vie, il n'y a jamais bien loin de la lutte à l'écriture ; de fait, l'hiver où j'ai écrit *La Petite Amie imaginaire*, il n'y avait pas dix mètres.

Pendant quatre mois, je n'ai pas osé m'aventurer hors de ce rayon – à deux exceptions près. La première fois, ce fut pour aller passer une semaine avec Colin et Brendan à Aspen, dans le Colorado, vers la mi-mars. Je n'étais pas en état de skier, mais j'allais à la salle de gym, je répétais les exercices de rééducation prescrits par ma kinésithérapeute du Vermont et je barbotais dans la piscine et le bain bouillonnant avec Everett. Je fis plusieurs dîners sympathiques avec les Salter, Kay et Jim, puis je rentrai dans le Vermont pour finir *La Petite Amie* ; seulement, je ne réussis pas à en venir à bout, et en avril je partis pour la France, où l'on publiait la traduction d'*Un enfant de la balle*.

Après les interviews, à Paris, dans le hall du Lutétia, il était rare qu'un photographe ne me traîne pas jusqu'à un carré de verdure, un tout petit square, sur l'autre rive du boulevard Raspail, pour tenter de me faire poser à côté de la statue de François Mauriac. Je m'y refusais ; d'abord parce que la statue mesure cinq mètres de haut, et moi, vous vous en souvenez peut-être, un mètre soixante-douze, mais aussi parce que je trouvais au pauvre Mauriac une mine sous-alimentée et dépressive. Peut-être était-il mortifié qu'on le photographie à côté de tous les écrivains qui descendaient au Lutétia ?

Tel fut mon séjour à Paris : morose ; je n'arrivais pas à finir *La Petite Amie imaginaire,* et on me comparait sans trêve ni tact à François Mauriac. L'un de ses détracteurs ayant affirmé que ce qu'il faisait ne plaisait sûrement pas à Dieu, Mauriac eut cette réponse admirable : « Dieu, monsieur, se soucie peu de ce que nous écrivons ; mais lorsque c'est bien écrit, il s'en sert. » Je ne cessais de répéter aux photographes que Dieu n'aurait que faire d'une photo de John Irving et François Mauriac, mais ils ne voulaient rien savoir ; l'un d'entre eux se méprit même sur le compte de ma réticence, qu'il attribua au fanatisme religieux.

Je rentrai dans le Vermont ; avril n'en finissait pas de finir ; *La Petite Amie* non plus. En mai, je passai une courte semaine avec Brendan et Colin en Californie. Mes exercices de rééducation ne me prenaient plus que deux heures par jour, et je découvrais que je pouvais de nouveau porter Everett sur mes épaules ; nous l'emmenâmes à Disneyland, mais il faut bien dire que Colin et Brendan le portèrent plus souvent – et plus allègrement – que moi. Dans l'avion qui me ramenait de Los Angeles, j'étais toujours en train de réviser mon texte, que je ne finirais pas avant le mois de juin.

Lorsqu'on écrit une autobiographie survient ce phénomène inévitable : les gens que l'on évoque se mettent à vous manquer. Les personnages de mes romans ne manquent pas, si, paraît-il, ils manquent à certains de mes lecteurs. Mais je me découvris le besoin de téléphoner à des gens que je n'avais pas vus ni entendus depuis trente ans et plus. Dans la plupart des cas, ce n'était pas une vague nostalgie ; je n'arrivais plus à me rappeler les détails – dans quelle catégorie de poids se trouvait tel ou tel ; avait-il remporté le tournoi des Dix, s'y était-il seulement classé ?

J'appelai deux fois Kay Gallagher, la veuve de Cliff ; Cliff avait fait tellement de choses que je ne m'y retrouvais pas. J'eus plaisir à bavarder avec Kay ; mais Cliff me manqua.

Pour parler des coïncidences, ces compagnes du romancier, la mort de Don Hendrie, en mars, se produisit au moment même où il faisait son entrée dans mon autobiographie. L'hiver dernier a vu la mort de mon ami Phillip Borsos ; il était le réalisateur du *Grey Fox* ; c'est avec lui que j'avais tenté – presque dix ans – de faire un film de *L'Œuvre de Dieu, la Part du Diable*. Phillip n'avait que quarante et un ans. Sa mort, déjà triste en elle-même, me rappela celle de Tony Richardson, emporté par le sida en 1991 ; c'était lui qui avait réalisé *L'Hôtel New Hampshire*, alors que George Roy Hill, aujourd'hui affaibli par la maladie de Parkinson, avait fait *Le Monde selon Garp*. Il aimait bien m'appeler tard le soir pour me demander si j'avais lu de bonnes choses récemment ; c'était un lecteur boulimique. Penser à Tony me met toujours d'humeur à appeler des gens au téléphone. En arrivant au bout de *La Petite Amie imaginaire*, je donnais des coups de fil tous azimuts.

Pour le week-end du Memorial Day, j'appelai mon vieil ami Eric Ross à Crested Butte. Tandis que j'étais en France, tentant de me soustraire aux photos avec Mauriac, il était parti faire du golf en Irlande, où il avait eu une mauvaise crise de goutte. Moi, je suis étranger au golf comme à la goutte, mais tout de même, la combinaison des deux me parut cruelle et cocasse.

Sur ma lancée, je décidai d'appeler Vincent Buonomano. Je conjecturai bêtement qu'après être sorti de Mount Pleasant High School il avait dû rester dans la région de Providence ; il habitait en effet Warwick. Je téléphonai donc.

Une jeune fille me répondit, une adolescente, à sa voix.

Je demandai Vincent Buonomano.

– C'est de la part de qui ? s'enquit-elle.

– Je ne crois pas qu'il se souvienne de moi, répondis-je, je ne l'ai pas revu depuis le lycée.

Je l'entendis partir en lançant à la cantonade : « Papa ! » ou peut-être : « P'pa ! » J'eus l'impression d'être tombé dans la vaste maison d'une famille nombreuse.

Mr. Buonomano me répondit de façon tout à fait sympathique ; seulement, il n'était pas le Vincent Buonomano qui m'avait fait toucher les épaules dans la fosse à moins d'une minute de la fin du match. Mon cordial interlocuteur m'apprit qu'il lui arrivait d'avoir des appels pour son homonyme et qu'il avait même reçu un jour une facture adressée à Buonomano « le lutteur ». Le Buonomano que j'avais en ligne pensait que le mien avait fait des études et qu'il était aujourd'hui médecin, parce que l'une de ces factures concernait le remboursement d'un prêt étudiant et qu'elle était adressée au Dr Vincent Buonomano (à mon avis, il était devenu spécialiste du cou). Néanmoins, je ne pus remettre la main sur lui ; il était introuvable et n'avait sûrement pas le moindre souvenir de moi.

J'en fus si triste qu'il me fallut appeler Anthony Pierannunzi. Il y aurait plus de chances qu'il se souvienne de moi : nos matchs avaient été serrés. Mais l'opérateur me dit qu'il n'y avait pas de Pierannunzi à East Providence ; qu'il n'en voyait qu'un, à Providence même. Ce ne pouvait être que lui, j'en étais sûr ; j'appelai aussitôt. Une femme absolument charmante me répondit. Je me rappelai illico la petite amie de Pierannunzi (ou sa sœur, peut-être, mais une vraie bombe, en tout cas). Je crus avoir affaire à la flamme adolescente de mon rival patenté, flamme adolescente qui lui faisait une épouse dévouée depuis trente ans et plus.

Je dis maladroitement :

– Je suis bien chez Anthony Pierannunzi, le lutteur ?

– Mon Dieu, non ! s'exclama la femme en riant.

Elle avait entendu parler de ce lutteur ; elle avait déjà reçu des appels pour lui et, bien entendu, des factures égarées. (Les factures devenaient un thème classique ; elles ne parvenaient jamais à leur juste destinataire.) La femme me dit qu'un jour quelqu'un avait appelé son mari pour lui demander s'il était bien Anthony Pierannunzi, le seul, le vrai. C'était bien à celui-là que je voulais parler, moi aussi, bien sûr. Mais il était introuvable, de même que Vincent Buonomano, et ni l'un ni l'autre ne savait ce qu'il représentait pour moi.

J'avais envie de parler à un ami.

À la suite d'une conversation avec Sonny Greenhalgh, conversation qui avait dégénéré parce que nous n'étions pas d'accord sur la catégorie de John Carr, moins de soixante-huit ou de soixante-quatorze, je décidai d'appeler John Carr. Ma conversation avec Sonny, comme la plupart des précédentes, roulait largement sur Sherman Moyer. À ce jour, c'est-à-dire après trente-trois ans, Sonny ne s'est jamais remis d'avoir perdu deux fois dans la même saison contre Moyer. (Sonny a été All Americans et pas Moyer, je suppose que c'est là que le bât blesse.) Aujourd'hui encore, ma compassion pour Sonny est freinée par le fait qu'à l'époque j'étais le supporter de Moyer, mon coéquipier, et que je ne connaissais pas Sonny, sauf pour avoir entendu dire que c'était un moins de cinquante-sept kilos très estimé à Syracuse. Quant aux deux défaites de Sonny devant Moyer, elles m'inspireraient peut-être plus de sollicitude si je ne m'étais pas mesuré à lui personnellement tous les jours de cette saison-là, et en perdant chaque fois. Deux malheureuses défaites face à Moyer ne me paraissent pas un tel déshonneur, ni un tel coup dur, à moi… Sonny et moi ne pouvons pas nous empêcher d'en parler, alors que nous avons d'autres choses en commun ; ainsi, j'ai été l'entraîneur de son fils Jon, lorsque ce dernier était dans la même équipe que Brendan à l'Institut du Vermont ; Jon Greenhalgh a remporté un championnat de Nouvelle-Angleterre en 1989.

Mais, cette fois, ma conversation avec Sonny portait sur John Carr et sa catégorie. Nous en étions venus à parler de lui parce que Sonny avait appris que son père était mort. Je me le rappelais avec affection, depuis le jour où il s'était proposé avec un bel enthousiasme pour me servir d'entraîneur, à West Point. Lorsque je raccrochai, j'avais une autre question à poser à John Carr ; je savais qu'il avait remporté un championnat de Nouvelle-Angleterre l'année précédant Pittsburgh, mais je ne savais plus s'il avait été PG à Andover ou à Cheshire, parce que, dans un cas comme dans l'autre, mon souvenir me disait que le maillot était bleu.

Cette année-là, au tournoi de Nouvelle-Angleterre, le titre de lutteur d'exception était allé à Anthony Pierannunzi, mon poseur de lapin d'aujourd'hui, mon aiguille dans une meule de foin, le garçon qui m'avait empêché de remporter un titre ; on pouvait être d'avis que la récompense revenait à John Carr. Pierannunzi était bon, mais, dans les vestiaires, on disait que John Carr était meilleur. Moi, à vrai dire, je n'en savais rien, parce que je ne m'étais jamais mesuré à Carr. C'était d'ailleurs ce qui me faisait penser qu'il devait être dans la catégorie des moins de soixante-quatorze. Parce que, dans le cas contraire, je me serais retrouvé face à lui ; nous nous serions entraînés ensemble, quelquefois au moins. Moi qui étais dans les moins de cinquante-sept, je m'entraînais de temps en temps contre les moins de soixante-huit, mais les moins de soixante-quatorze étaient trop costauds.

Lorsque j'appelai les renseignements, l'opérateur m'apprit qu'il y avait sept John Carr en Pennsylvanie, dans la région de Wilkes-Barre ; mais je ne mis pas longtemps à retrouver sa trace ; j'eus au bout du fil une Mrs. John Carr qui n'était pas la bonne, ainsi que quatre ou cinq John Carr homonymes, et tous me dirent : « Ah ! vous voulez parler au lutteur », ou bien : « C'est l'entraîneur que vous demandez. »

Lorsque je l'eus en ligne, toute la ville était au courant que je le cherchais, et il attendait mon appel. Il se souvenait de moi, mais pas de ma tête ; il ne voyait pas à quoi je ressemblais, dit-il. Cela ne m'étonna pas ; je fus même surpris qu'il se souvienne de moi, puisque, comme je l'ai dit, nous n'avions jamais fait un combat l'un contre l'autre et que, s'il avait eu une minute pour aller regarder lutter des camarades de salle, il n'en manquait pas de meilleurs que moi ; avec mon niveau, je ne valais guère la peine qu'on me regarde.

J'avais raison ; Carr avait été un moins de soixante-quatorze ; c'était à Cheshire qu'il était PG lors de sa victoire en tournoi, et pas à Andover. Je lui fis toutes mes condoléances pour son père. Quant à lui, il n'était plus entraîneur ; il se plaignit que l'influence de la lutte libre, internationale, ait gâté la lutte collège, ou *folk*. D'abord, il n'y avait plus assez de tombés, la lutte avait perdu en pugnacité. Je partage son point de vue. Je n'ai jamais tellement apprécié la lutte libre. Tandis que, dans la lutte collège, comme le disait un jour Dan Gable : « Si tu peux pas t'échapper de la position dessous, tu peux pas gagner. » (En lutte libre, ce n'est pas nécessaire ; l'arbitre donne un coup de sifflet et il vous laisse vous dégager ; on peut passer presque tout le match sur ses jambes, en position neutre. Je comprenais donc bien où John Carr voulait en venir ; il pensait : c'est un sport de femmelettes, ça. Moi, en lutte libre, j'aurais pu le battre, Sherman Moyer ; c'est en position dessous qu'il m'a liquidé.)

Il me dit aussi que Mike Johnson était toujours entraîneur à Du Bois et que le fils Warnick – un des fils Warnick en tout cas – avait remporté quelques jolis succès sur les tapis de West Point. En effet, j'avais vu son nom sur les listes de l'armée et je m'étais demandé s'il était le fils de ce Warnick dont la tirade de bras m'avait assassiné lors de mon unique hiver à Pittsburgh. Après avoir souhaité bonne nuit à John Carr, j'ai raccroché. J'avais oublié de lui demander si le petit Warnick avait appris la tirade meurtrière de son père ! Je faillis rappeler. Mais quand je me mets à téléphoner, surtout le soir, il faut que je me fixe une limite, sinon il me prend l'envie d'appeler absolument tout le monde.

Bien sûr, j'aimerais appeler Cliff Gallagher, ne serait-ce que pour l'entendre dire : « Même un zèbre, Johnny. » J'ai souvent envie de téléphoner à Ted Seabrooke, aussi ; et puis, je m'aperçois que ce n'est pas possible. Ted n'était pas un causeur, contrairement à Cliff, mais il était clairvoyant, et il avait le chic pour m'interrompre, me prendre à rebrousse-poil : « Dis donc, c'est crétin ce que tu me racontes là. » « Et pourquoi tu irais faire un truc pareil ? » « Fais ce que tu sais faire. » Ou encore : « Qu'est-ce qui a marché pour toi, jusqu'ici ? » Cliff disait que Ted savait dissiper les nuages.

Je n'ai toujours pas accepté la mort de Ted et de Cliff. Si l'on considère l'espérance de vie, il est logique que Cliff soit mort : il était né en 1897, ce qui lui ferait quatre-vingt-dix-huit ans. Mais je crois qu'il ne s'est pas remis que Ted parte avant lui ; car Ted est mort jeune. Il nous avait bien eus. Il avait d'abord fait du diabète, qu'on avait réussi à lui soigner ; puis il avait passé quelques années en bonne santé, avant que le cancer ne l'emporte à l'automne 1980 ; il avait cinquante-neuf ans.

Lors du service à sa mémoire, dans Phillips Church, j'ai vu plus de lutteurs que de toutes mes années dans la salle d'Exeter. C'est Bobby Thompson qui a chanté *Amazing Grace*. Bobby, qui est aujourd'hui aumônier de la fac, est un ancien poids lourd – c'est peut-être le plus mahousse de tous nos ex-poids lourds catégorie « illimités ».

Tous ces lutteurs trouvaient scandaleuse la mort de Ted. On le croyait increvable. Deux fois il avait été frappé par la foudre en jouant au golf ; deux fois il avait survécu et, dans les deux cas il s'était contenté de dire : « C'est des choses qui arrivent. »

Après le service, Cliff me saisit le bras de sa prise russe et me chuchota à l'oreille : « Ça aurait dû être moi, Johnny, ça aurait dû être moi. » J'en eus le bras endolori pendant des jours. Il avait une sacrée tirade de bras – à quatre-vingt-trois ans !

Je ne mène pas une vie de fou. Je n'ai pas besoin de « dissiper les nuages » tous les soirs, ni toutes les semaines, ni même une fois par mois. La plupart du temps, le soir, je ne regarde même pas mon téléphone. D'autres fois, pourtant, cet appareil qui ne sonne pas semble convoquer tous les gens injoignables de mon passé. Alors je pense au poème de Rilke, sur un cadavre : *Und einer ohne Namen / lag bar und reinlich da und gab Gesetze* (Et un sans nom/ gisait net et nu/ Et donnait des ordres). Tel est le téléphone, certains soirs : le passé injoignable, les morts qui réclament de donner leur avis. Ces soirs-là, je regrette de ne pas pouvoir parler à Ted.

Table

Gosse de prof 7
Des avantages d'avoir le dessous 13
Un toast d'une demi-livre 19
Les livres que je lisais 31
Suppléant 41
Une course en taxi à cent dollars 49
Un voleur 57
Les demi-finales 65
Brève conversation dans l'Ohio 73
Un an à l'étranger 79
Pas de Vietnam ; plus de motos 89
Histoire de zèbre 93
Médaille d'or 103
La mort d'un ami 113
Ainsi parlait Kurt Vonnegut 119
Le vote aux docteurs 123
Mon premier roman 131
Mes deux champions 133
Ma dernière pesée 141
Humain, rien qu'humain 153
Notes de l'auteur 161

RÉALISATION : PAO ÉDITIONS DU SEUIL
IMPRESSION : BUSSIÈRE CAMEDAN IMPRIMERIES À SAINT-AMAND (CHER)
DÉPÔT LÉGAL : MARS 1996. N° 28931 (1/449)